Le serment
d'Hippocrate

Du même auteur :
« L'île aux deux visages » Éditions BoD

Philippe Vainqueur

Le serment d'Hippocrate

roman

ÉDITIONS BoD

« Les personnages et les situations de ce récit étant purement fictifs, toute ressemblance avec des personnes ou des situations existantes ou ayant existé ne saurait être que fortuite. »

« Tous droits de traduction, d'adaptation et de reproduction sont interdits »

© 2021 Vainqueur, Philippe
Édition : BoD – Books on Demand, 12/14 rond-point des Champs-Élysées, 75008 Paris
Impression : BoD - Books on Demand, Norderstedt, Allemagne
ISBN : 9782322180127

Table des matières

Prologue.. 11

1. La lettre... 17
2. Dennis Barrett.................................. 43
3. L'arrivée... 71
4. Étrange association 95
5. Problèmes de cœur 117
6. Révélations à haut risque 147
7. Rien ne va plus 175
8. Chiens enragés 199
9. Échappatoire imprévue 223
10. Bouleversements à San Marina... 245

Épilogue.. 263

Prologue

Sur la route, en direction de San Marina, Andrew Brown arborait un large sourire. L'acquisition de sa nouvelle voiture justifiait-elle cette attitude ? Il faudrait pouvoir se nicher dans son esprit, pour le confirmer. Au volant d'une Buick décapotable, gris métallisé, dissimuler sa gaieté relevait de l'impossible. Assise à ses côtés, Samantha, sa femme, une main posée sur sa cuisse, remarqua ces sourires. Sa nature curieuse l'incita à se prononcer.

— Tu sembles bien joyeux, aujourd'hui, Andrew ! Je suppose que c'est ta belle voiture qui te met dans cet état.
— Désolé, chérie ! Certes, je suis satisfait de ce bijou, mais pour autant, ce n'est pas cela.

Leur petite fille qui se situait à l'arrière intervint.

— Moi, je sais ce que c'est !
— Ah ! Qu'est-ce que c'est ? questionna la maman.

— Papa est en vacances ! s'exclama-t-elle, en glissant sa tête entre les sièges.

Cette remarque stupéfia ce père de famille.

— Mais comment as-tu deviné ? Tu lis dans mes pensées ! Dit-il ; accompagné d'un rire sardonique.

— Mais non ! C'est facile ! Chaque année, au départ des vacances, papa apparaît toujours aussi joyeux.

— C'est vrai ! Elle a pleinement raison. Mais vous avouerez les filles que j'ai des circonstances atténuantes.

D'un regard complice, elles affichèrent une grimace, car elles pressentirent, comme à son habitude, une explication à n'en plus finir.

— Passer les vacances à San Marina, c'est se nicher dans les canyons, revenir à l'époque de la ruée vers l'or, s'imaginer le travail des mineurs d'autrefois.

— Un vrai paradis ! reprirent-elles en cœur, avant même qu'il le dise.

Les cheveux au vent, toutes deux se dévisagèrent, souriantes, telle la complicité entre une mère et sa fille.

— Vous vous moquez de moi, je le vois bien ! Qu'importe ! Vous admettrez que je vous offre, en général, de belles vacances.

— Nous n'avons jamais pensé autrement, mon chéri. Simplement, te sentir envoûté par cette ville, ça nous amuse.

Chaque année, cet inconditionnel amoureux de la nature jetait son dévolu sur cette destination. Il trouvait toujours, sans mal, de bons prétextes pour imposer ce choix. De toute façon, les romantiques appréciaient explorer le Colorado, en toute saison. Les trois cents jours de soleil annuels ainsi que les vastes prairies, les montagnes majestueuses, les torrents et les paysages désertiques attiraient sans conteste les touristes, au grand désespoir de la population de San Marina. Les gens préféraient la quiétude à l'agitation.

Cette famille arriva donc dans la rue principale avec des visages empreints de gaieté. Parce que la sécurité des promeneurs s'avérait cruciale, elle recommandait de rouler au pas. Ainsi, ils ne passèrent pas inaperçus. Andrew, confus, renvoya un sourire aux curieux. Samantha perçut son mal-être.
— Voyons, Andrew ! Pourquoi es-tu gêné de la sorte ?

— Je l'avoue, ma chérie. Mais que veux-tu ? Le regard des gens me touche et je constate, une fois de plus, de la réticence.

— Tu sais bien que la ville préfère rester dans son cocon plutôt que subir la venue d'étrangers. Quoi qu'il en soit, nous avons tant travaillé, nous méritons ces vacances.

— Oui ! Tu as raison ! De toute façon, nous allons nous restaurer, je meurs de soif.

Il se gara à proximité d'un pub. Puis une fois sortit de la voiture, il étira les bras pour les décontracter. Le trajet jusqu'à ce paradis, sur une route risquée, laissait des traces de fatigue.

Sur la terrasse, les tables à l'ombre étaient assiégées, car la chaleur devenait presque insupportable. Une année caniculaire. Cette halte procurait le plus grand bien. Fort heureusement, une petite brise venait caresser les visages, de façon intempestive. Elizabeth apposait son verre de jus de fruits, contre sa joue, afin d'en récupérer la fraîcheur. Samantha agitait son chapeau en guise d'éventail. Pour les besoins de la clientèle, le propriétaire du pub avait installé un tuyau d'arrosage, percé, dissimulé dans cette tonnelle arborée, plus précisément dans la glycine. De temps en temps, ce brumisateur apportait une douceur bienvenue.

Andrew observait les lieux. Après un rapide tour d'inspection, il remarqua peu de changements, depuis l'année passée. Au-delà, les imposantes Rocheuses capturaient tous les regards. Le temps s'était arrêté et l'on se sentait bien. Il scruta la rue et retrouva ces magasins d'antiquités, qui émeuvent les estivants. La ville réunissait, à la fois, le côté pittoresque avec son charme de l'ancien et la modernité. Puis, il aperçut des sourires, complices, sur les visages de sa petite famille.

— Je vous vois rire ! Vous me dissimulez quelque chose ?

— C'est-à-dire qu'on avait réfléchi.

— Ho ! Vous avez comploté des magouilles, dans mon dos ! S'exprima-t-il ; avec une légère appréhension.

— Nous ne te cachons aucun mystère, mon chéri. Seulement, Elizabeth partage mon point de vue que San Marina correspond à la ville dont nous avons toujours rêvé.

Andrew resta contemplatif de cette remarque. Certes, il convint qu'elle était située entre plaines et montagnes et apportait, ainsi, un cadre de vie inespéré. On se sentait transporté dans un autre monde. Les Rocheuses incarnaient le mythe américain où la nuit, on produisait des rêves, inoubliables, à déceler des cachettes et engager une chasse aux pépites. De plus, San Marina offrait toutes les activités pour qu'Elizabeth puisse jouir de ses passions. En fait, la seule chose qui le bloquait, ce fut lui-même, à proprement parler. Samantha, différente dans ces moments-là, se montra plus entreprenante. Ainsi, tombée amoureuse de cette contrée, elle trouva les mots justes, pour pousser son mari à s'établir, définitivement, dans cette ville.

1

— La lettre —

Mardi 27 mai 1969

En cette année soixante-neuf, l'apparition des beaux jours signifiait la fin de l'hiver. Située dans une résidence agréable, la famille Brown demeurait dans un charmant pavillon. Elizabeth, entourée de nombreux copains, issus des environs, rayonnait de bonheur. Tel un rituel, auquel ils ne dérogeaient jamais, ses parents invitaient chaque semaine leurs voisins, avec leurs enfants. Ils avouaient adorer, par-dessus tout, les ambiances conviviales et chaleureuses.

Cela fait précisément, à ce jour, six années qu'Andrew décrocha une place de professeur de mathématiques, dans l'université de San Marina. Peu après, Samantha obtint une mutation dans l'hôpital, en tant qu'aide-soignante. Selon toute apparence, ce déménagement se présentait comme un franc succès. Progressivement, ils s'épanouirent dans cette nouvelle vie, notamment par la présence de leurs bons amis. En outre, le bonheur de leur fille les réjouissait au plus haut point. Ce jeune couple, de nature sociable, favorisait toujours les échanges, dès que la situation le permettait. Ajoutés à cela, dynamiques et volontaires pour le bien-être de tous, ils créèrent une association pour les sans-abri. Sans aucun doute, la population afficha à leur intention, une considération de plus en plus marquée, au fil des années, pour cette initiative fortement appréciée. Par conséquent, aujourd'hui, le nom des Brown frappe tous les esprits.

Pourtant, personne ne pouvait imaginer que cette famille, tant respectée, subissait une souffrance, peu ordinaire. En effet, une succession d'évènements, angoissants, apparut dans la ville. Cela se manifesta par l'arrivée de nombreux enfants, à l'hôpital, tombés soudainement mal en point. L'information circula à une vitesse vertigineuse, si bien qu'elle provoqua un vent de panique dans la population. Samantha qui, en temps normal, montrait une assurance incroyable et une détermination sans faille perdit tous ses moyens. La maladie toucha sa propre fille. Fort heureusement, Andrew réagissait différemment. Il faisait preuve de force mentale pour mener à bien toutes les difficultés. Par sécurité et pour écarter les problèmes, ils avaient mis, dans la confidence, uniquement, des amis proches et discrets.

— Messieurs, si vous pouviez surveiller le barbecue, ça éviterait de recevoir la fumée dans la maison. Expliqua Samantha ; accompagnée d'une grimace.

Jeff qui avait remarqué ce ton autoritaire, informa Andrew.

— Je trouve, tendue, Samantha, aujourd'hui.

— Ce sont les soucis à l'hôpital, ça la stresse. Elle possède un tempérament comme ça, qu'exiges-tu ?

— Ho ! Je ne lui en veux pas. Tu as raison. Après tout, je ne dormirais pas de la nuit, si j'exerçais son métier. Répondit-il ; en riant un peu trop.

— Qu'est-ce qui vous amuse ? interrogea Amber, sa femme.

Samantha scrutait, en douce, les visages.

— Pas grand-chose ! C'est notre façon de s'occuper du barbecue. On a l'impression d'émettre des signaux « indiens ». On va intoxiquer tout le voisinage, si ça continue.

Jeff, riait intensément et incitait toute la troupe à l'imiter. Samantha éprouvait des difficultés à sourire. Ces deux familles sympathisaient depuis fort longtemps et avaient pris pour usage de festoyer, chez l'un ou chez l'autre.

Ce mardi soir, lorsque le couple se retrouva, de nouveau seul, à la maison :
— Je t'assure, mon chéri, c'est la meilleure solution !
Andrew ne répondait pas. Les yeux rivés sur cette seconde lettre anonyme, il acceptait mal se soumettre. En conséquence, il avait rempli la sacoche, de liasses de billets posées sur la table, sans dire un mot. Samantha, angoissée, ne pensait qu'à Elizabeth. Elle n'avait pas hésité, un seul instant, à respecter les consignes, en vue de mettre un terme à cette horrible histoire. Mais elle avait peur que son homme change d'avis, par fierté, plus que par rébellion.

— Dépêche-toi, Andrew ! Tu ne dois surtout pas rater le train.

Samantha apparaissait comme l'ombre d'elle-même. Elle faillit s'effondrer en larmes, dans les bras de son mari. L'angoisse montait à la gorge. Elle redoutait une émotion, supplémentaire. Puis, Andrew prit la lettre et la broya de sa main. Ensuite, il brandit le papier froissé, au visage de sa femme, accompagné d'un regard de colère. Il mit la sacoche sous le bras et quitta la maison, en claquant la porte, avec brutalité. Bien évidemment, ce geste représentait sa manière de se révolter et non son hostilité. Samantha, les yeux en pleurs, culpabilisait énormément. Elle avait tant insisté pour s'installer dans cette ville.

Elizabeth, qui lisait dans son lit, avait entendu le bruit. Poussée par la curiosité, elle sortit de sa chambre.

— Maman ! Que se passe-t-il ?

— Ce n'est rien, ma chérie ! Va te coucher.

Elle essuya ses larmes et essaya, au mieux, de masquer son inquiétude.

— Où est papa ? Il est fâché ! Il a claqué la porte.

Elizabeth, âgée de onze ans, grandissait à vue d'œil. Samantha ne voulait en aucun cas la perturber. Aussi, elle décida, pour la circonstance, de lui raconter un petit mensonge.

— Mais non, voyons ! Où vas-tu imaginer de telles choses ? La porte lui a échappé des mains, voilà tout. Et, maintenant ! Sois gentille ! Va te coucher ! Il se fait tard.

La petite remarqua la contrariété qui envahissait le visage de sa maman. Toutefois, elle préféra obéir. Lentement, elle remonta les marches. La tête baissée, elle repartit dans sa chambre.

Comme prescrit, Andrew devait prendre le train de 20 h 25. Dans la gare, il s'était précipité pour récupérer son billet. Parce que trop énervé ou bien à cause de son apparence blême, son comportement avait paru suspicieux aux yeux du personnel. De ce fait, on lui demanda ses papiers, au guichet. Depuis plusieurs semaines, des familles originaires de San Marina subissaient du chantage. En fait, on visait directement la vie de leurs enfants. En conséquence, elles déposèrent des plaintes auprès des autorités. Le shérif Barrett menait une enquête, mais malgré tous ses efforts, ne progressait guère. Cela cachait quelque chose de louche. C'est ainsi que la population commença à devenir nerveuse. Le climat avait cette tendance à la méfiance, comme dans cette gare.

Le train apparut, soudainement. D'un pas décidé, sur le quai, il se dirigea vers l'avant-dernier wagon et monta à bord. Une femme, plongée dans sa lecture et un vieil homme, quelques sièges devant, attendaient le départ. De façon générale, peu de monde prenait les trajets du soir. Malgré ses envies de révolte, il suivait les instructions à la lettre. Par conséquent, il s'assit à l'arrière du train et déposa, au préalable, la sacoche au-dessus de lui. La tête penchée en avant, il se demanda, encore, si tout cela n'était pas un mauvais rêve et qu'il allait bientôt se réveiller.

— Votre billet ! s'il vous plaît.
Andrew sursauta à la demande du contrôleur.
— Heu ! Oui ! un instant.
Il tendit le billet en dévisageant l'agent de la sûreté ferroviaire. Conscient que la situation ne se prêtait pas à être remarqué, il baissa les yeux et ne dit mot. Après une bonne minute qui lui parut interminable, il récupéra son ticket.

— Vous portez-vous bien, monsieur ?
— Comment ?
— Je vous vois regarder partout, vous semblez affolé. Avez-vous un problème ?
— Non, tout va bien. Répondit-il, nerveusement.

En raison de son expérience, l'agent soupçonnait, fortement, que l'homme cachait la vérité. Il ne savait pas si Andrew avait des soucis ou s'il s'apprêtait à en commettre. Dans la mesure où il ne pouvait reprocher son attitude, il s'éloigna.

Soudain, on ressentit une petite secousse, ce qui annonça le départ. Par instinct, Andrew se releva et saisit sa sacoche pour la garder, tout contre lui. Le train roulait vite et atteignait, à présent, son allure de croisière. C'était la première fois qu'il voyageait si tardivement. Toutefois, il connaissait bien le trajet, il le prenait tous les jours, pour se rendre à son travail. En dépit de la nuit, qui commençait à prendre possession des lieux, on percevait encore assez bien le paysage, au travers de la vitre. Malgré tout, en soirée, les sons semblaient amplifiés, si bien que le moindre bruit inconnu favorisait la frayeur. Tendu, il regardait sa montre et redoutait ce fameux virage, ce point de repère à partir duquel il devait agir. Cette décision de se soumettre à cet odieux chantage le mettait hors de lui. Perdre cet argent était presque sans importance. Il avait encore la possibilité de faire marche arrière et de se réfugier chez le shérif Barrett, pour tout expliquer. Samantha s'était clairement opposée à cela, prétextant que c'était trop dangereux, qu'ils ne devaient pas entrevoir cette solution risquée, pour leur fille.

Tout en relevant la tête, il s'aperçut que le contrôleur l'observait avec discrétion. Ce regard inquisiteur le mettait mal à l'aise, comme une impression qu'on lisait dans ses pensées. Puis, la femme avait replié son journal, prit son bagage et se dirigeait vers la sortie. On approchait de la prochaine gare. À contrecœur, il se leva et se déplaça vers l'arrière. Entre les deux wagons existait un espace, avec une petite fenêtre de train, laquelle pouvait s'ouvrir à 45°. Il attendait l'instant propice, plus exactement celui où l'on passe sur le pont. À travers la vitre, il aperçut les wagons de tête, il en déduisit qu'on amorçait le virage. C'était le moment d'agir. Il ouvrit la fenêtre et glissa la sacoche dans l'ouverture. Les instructions étaient précises : sur le pont, il devait balancer l'argent et ainsi clore tous ses ennuis. L'action, rapide, comme un éclair, se réalisa en toute discrétion et une fois faite, il remarqua une silhouette qui courrait, en contrebas, au pied du pont. En premier lieu, l'individu, muni d'une lampe torche, scruta le contenu du sac. Puis, il disparut, en douce, à bord d'une moto. Tristement, la beauté de la lune, dans cette nuit noire, ne pouvait pas servir à elle seule de consolation.

Abasourdi, par cet évènement, Andrew chancela quelque peu. Le contrôleur qui ne l'avait pas quitté des yeux l'aida à se rasseoir.

— Ça va bien, merci. Répondit-il ; après avoir recouvré ses esprits.

— Êtes-vous sûr ? Vous paraissez sonné.

Andrew le dévisagea de nouveau. Il prit conscience de cette assistance sincère, mais personne ne pouvait s'immiscer dans son affaire.

— Je vous remercie, j'ai éprouvé un moment de faiblesse, mais ça va, mieux, maintenant.

Le contrôleur n'insista pas. Andrew, la tête entre ses mains, se remémora toute l'histoire.

Sauf erreur, ce fut un vendredi après-midi, deux semaines auparavant, lors d'une fête organisée par la famille Howard, que tout commença. Elizabeth avait reçu une invitation. Aux anniversaires, on avait pour habitude de convier tous les gamins de la résidence. C'était une belle journée ensoleillée. Dans une pièce spécialement préparée, pour le bonheur des enfants, au programme on distribuait ballons, serpentins et cotillons. En revanche, une table pourvue de quelques alcools attirait les grands. Le verre à la main, les conversations allaient bon train.

— Alors, Samantha ! Ma chère ! Quoi de neuf ?
— Peu de chose, Ashley, pour tout t'avouer. Beaucoup de travail à l'hôpital. D'ailleurs ! T'ai-je dit que la petite Kate attend son premier enfant ?
— Ha ! Non ! Elle doit rayonner de bonheur. Je me rappelle ce que l'on ressent à l'approche de cet évènement.

Ashley agitait sa main devant son visage pour évacuer les vapeurs de l'alcool. Elle resta songeuse et se remémorait ses propres émotions. Puis, soudain, elle s'exclama.

— À ce propos, en parlant d'enfants, je sais que ce n'est pas le moment approprié, mais as-tu appris la rumeur ?

— Celle concernant tous ces petits malades ? Ce n'est malheureusement pas une rumeur. Avoua Samantha.

Elle but son verre d'un trait et poursuivit.

— Depuis quelque temps, des enfants, toute une hécatombe ont des problèmes de cœur et des difficultés respiratoires.

— Alors les filles ! De quoi parlez-vous ? Intervint Alexander ; affichant un beau sourire.

— Heu ! De ta superbe cravate. Répliqua Samantha.

— D'accord, je vois. Je ne veux pas déranger. Je vous laisse entre filles !

— Maman ! Me permets-tu d'aller jouer, dehors, avec les autres ?

— Bien sûr, mais fais attention à tes vêtements.

Elizabeth était comblée de bonheur, car elle adorait ce genre de fête. Telle une coutume, comme à chaque anniversaire, les Howard avaient fait appel aux services d'un clown. Cela réjouissait les petits et les grands. Par conséquent, au-dehors, les enfants rigolaient de bon cœur, en le voyant réaliser ses pitreries. Toutefois, lorsque ce colossal bonhomme distribuait, entre deux tours, des friandises, les mamans montraient de gros yeux, par peur de la crise de foie.

— Comme elle grandit vite ta fille ! s'exclama Ashley.

— Oui, elle se transforme et bientôt elle me dépassera.

Durant toute l'après-midi, on ne signala rien de particulier qui pouvait attirer l'attention. C'était une fête comme les autres où tout le monde s'était bien amusé. La seule différence, ce fut Elizabeth qui afficha une petite mine, pendant le trajet de retour à la maison, de telle façon que Samantha s'en inquiéta.

— Ça va, ma chérie ! Tu n'as pas l'air bien.

— Depuis tout à l'heure, j'ai mal au cœur. Répondit-elle.

Spontanément, Andrew et Samantha cherchèrent une explication dans leurs regards. Allongée à l'arrière de la voiture, Elizabeth pâlissait à vue d'œil.

— Approche-toi, ma chérie. Je voudrais t'observer de plus près.

La paume sur le front, puis sur les joues, elle opérait un rapide diagnostic. Elle s'adressa à son mari.

— Elle a certainement de la fièvre, car elle transpire et ses joues semblent chaudes. On ferait mieux de faire demi-tour et l'emmener voir un médecin.

Sans connaître le contexte, on pourrait considérer ce genre de réaction comme exagérée. Toutefois, Elizabeth décrivait tous les premiers symptômes de ce mal étrange, ressemblants à ceux des autres enfants. En revanche, Samantha n'était pas de nature à se soucier inutilement. Andrew prit la direction de l'hôpital et notamment celle des urgences. Une fois sur place, Elizabeth se plaignait, sérieusement, de douleurs au cœur. Sa maman faisait au mieux pour la rassurer, tandis qu'Andrew se présentait à l'accueil.

— Bonjour monsieur Brown ! s'exclama l'infirmière.

Par exception, elle sortit de son bureau et vint à sa rencontre. La notoriété engendrait ce genre de réaction, de sorte qu'elle s'adressa à la maman.

— Bonjour Samantha. Qu'est-ce qui t'amène ? Rien de préoccupant, j'espère.

Afin de ne pas perdre de temps, Andrew préféra employer un ton de circonstance.

— Pourriez-vous appeler Moreno ? C'est important.

Le visage sévère qu'il affichait ne laissait aucun doute sur la gravité de la situation. L'infirmière décrocha le téléphone et pria le médecin d'intervenir au plus vite.

Une personne, de taille inférieure à la moyenne, vint à leur rencontre.

— Monsieur et madame Brown. Bonjour, que puis-je pour vous ?

De façon la plus formelle, il posa la question. Moreno est un homme soigneux. En effet, toujours vêtu d'une chemise et d'une cravate assorties, sous sa blouse, c'était sa signature. Les cheveux bruns, courts et ses grosses lunettes carrées en acajou, qui cachaient d'épais sourcils, lui donnaient constamment la physionomie de quelqu'un d'antipathique. La réputation de Moreno, d'homme mélancolique, définissait un être étrange, en particulier discret, peu bavard et capable de s'emporter avec le personnel, en cas de désaccord.

La cinquantaine, bien avancée, c'était toutefois un excellent soignant. Fort diplômé en chimie, il obtenait la reconnaissance de ses pairs. Madame Riley Cooper, la directrice de l'hôpital s'était appuyée sur ses compétences médicales pour l'affecter au poste de médecin principal. Pourtant, depuis quelque temps, la relation entre ces deux personnages n'apparaissait pas chaleureuse. C'est dans ce contexte que notre petite famille s'adressa à cet homme.

— C'est à propos d'Elizabeth. Elle se plaint d'un mal au cœur. Expliqua Samantha, les yeux larmoyants.

Les mains dans les poches, le stéthoscope autour du cou, il s'avança vers la fillette. Malgré la dureté que renvoyait son visage, il prodiguait des gestes très doux avec ses patients. Ainsi, Moreno emmena gentiment Elizabeth par la main. Il s'approcha de l'infirmière, murmura quelques consignes et lui confia l'enfant. Enfin, il revint vers les Brown.

— Soyez rassurés, le personnel qualifié va suivre, de près, votre fille.

Samantha avait l'habitude de ce genre de phrase, tout faîte ; cela ne le tranquillisait pas. Andrew ne comprenait pas ce qu'il voulait expliquer.

— Qu'allez-vous pratiquer sur Elizabeth ? Savez-vous ce qu'elle a ?

Les questions préoccupaient Moreno. Non seulement il pressentait qu'avec les Brown, il ne pouvait pas se permettre de donner de faux espoirs, mais en plus, ils attendaient des réponses.

— Écoutez, vous pouvez rester toute la soirée, ici, si vous le désirez. Tout ce que je peux vous révéler c'est que j'ai fait administrer un calmant à votre fille. Elle bénificie d'une surveillance constante. Je ne peux rien apporter de mieux, pour l'instant.

Aucun message ne transpirait de son regard noir et son attitude stoïque impressionnait. Par conséquent, quiconque devait connaître l'homme pour ne pas perdre confiance. À regret, ils durent admettre que le médecin avait pris la bonne décision. Andrew tint sa femme par la taille et l'emmena vers la sortie. Moreno les accompagnait des yeux. Puis, sans montrer la moindre émotion, il se dirigea vers l'ascenseur pour rejoindre son bureau.

Au volant de sa voiture, Andrew roulait prudemment. Quelque chose le perturbait, vis-à-vis du comportement de ce médecin. De son côté, Samantha se posait des milliers de questions, sur la santé d'Elizabeth. Ils restèrent silencieux pendant les premiers kilomètres, qui les séparaient de la maison. Toutefois, sans même se parler, fatalement, la première lettre anonyme refit surface, dans leurs esprits. Une semaine, auparavant, ils avaient découvert un étrange courrier. Tout d'abord, son contenu, de mémoire, figurait assez vague. Il faisait référence à une menace telle que verser une somme d'argent, sinon leur fille subirait du danger. Bien que cette lettre fût confectionnée à l'aide de caractères découpés dans les journaux, Andrew et Samantha avaient pris cette déclaration pour une blague. Aujourd'hui, ils justifiaient le fait de se poser l'interrogation sur les liens probables entre ce message et les problèmes de santé, de leur enfant. Un point demeurait certain : la maladie s'emparait d'Elizabeth. Parce que de nombreuses questions manquaient de réponses, Samantha se décida à parler.

— Crois-tu, mon chéri, qu'une relation existe entre la lettre anonyme et Elizabeth ?

— Je ne pense pas. De toute façon, nous le saurons bien assez tôt. Elizabeth ne tombe jamais malade.

— Tu as raison, j'occupe une place qui me permet d'être au fait qu'elle va passer une série d'examens.

Elle s'imagina tous les scénarios dans sa tête.

— Et si elle avait subi un empoisonnement ! annonça-t-elle ; à voix haute.

— Je te le répète, ma chérie, nous le saurons bientôt. Mais, si c'est le cas, crois-moi, j'irai voir Barrett.

— J'ai tendance à fabuler, mais avoue que les quatre autres enfants qui ont des problèmes cardiaques, à l'hôpital, ne nous rassurent pas.

Andrew ressassait les paroles de Moreno. Après un instant, il lui fit part de sa réflexion.

— Non ! Ce que je trouve étrange, c'est Moreno. Pourquoi ne paraît-il pas plus inquiet que cela ? Pourquoi n'a-t-il pas ausculté notre fille ? s'ajoute à cela ; il ne lui a posé aucune question. Il n'a pas cherché à savoir depuis quel moment ces problèmes de cœur ont débuté.

— Oui ! C'est vrai, ce que tu dis là, je n'y avais pas prêté attention. Renchérit Samantha, avec de grands yeux écarquillés.

— Soit, il ne prend pas conscience de la gravité. Soit, nous exagérons et les risques s'avèrent mineurs. Je te l'affirme, Samantha, je trouve bizarre ce médecin.

— En admettant que Moreno ait déclaré une part de vérité, sans vouloir le défendre, les circonstances actuelles n'incitent-elles pas, naturellement, à agir de la sorte ?

Une fois arrivée, à la maison, Samantha se précipita sur le téléphone pour contacter toutes les mères. Heureusement, aucun autre enfant, invité à l'anniversaire, ne présentait des signes de mal-être. Elle raccrocha en restant songeuse de cette nouvelle. Étant donné qu'uniquement Elizabeth subissait des désagréments, ils ne possédaient pas d'explications pour élucider ce mystère. Ils essayèrent, au mieux, d'aborder la soirée en demeurant optimistes. Ce ne fut pas simple, un membre de la maison manquait, pour la première fois.

Trois jours plus tard, Elizabeth était de retour chez ses parents. Seul un expert révélerait qu'elle avait eu des soucis de santé. Toute souriante, au bonheur de sa maman, elle ne semblait pas perturbée. Samantha était soulagée, elle partageait les remarques de Moreno. Ce dernier expliqua que ces phénomènes étonnants parmi les adolescents se justifiaient par cette période de croissance. Andrew restait campé sur ses positions, selon lui, cet homme cachait la vérité. Toutefois, pour favoriser la quiétude, il n'insista pas, après tout, l'essentiel c'était de retrouver une Elizabeth en bonne santé. Une semaine s'était écoulée, depuis cet incident, et tout cela apparaissait comme un mauvais souvenir. La vie reprenait son cours. Elizabeth s'amusait avec les copines de son âge et ne se plaignait de rien. Ce fut, malheureusement, de retour d'une promenade à vélo que les Brown s'aperçurent que le sort s'acharnait sur eux. En effet, on avait glissé sous leur porte, une seconde lettre anonyme, constituée de plusieurs pages, beaucoup plus explicite que la première. Elle spécifiait qu'Elizabeth avait subi un empoisonnement, précisément une faible dose. En outre, elle évoquait que les gènes, occasionnés, avaient duré trois jours. La véracité des propos ne laissait aucun doute. La personne qui avait rédigé cette lettre apparaissait comme l'auteur des problèmes de leur fille. C'était très inquiétant. Non seulement le message réitérait une demande d'argent, mais il expliquait point par point des consignes à suivre. La menace s'annonçait claire : à défaut de se soumettre, Elizabeth subirait, à nouveau, un poison, meurtrier.

À la lecture de ces mots, un frisson parcourait dans le dos de Samantha.

— Où allons-nous trouver une telle somme, Andrew ? Tu as vu ; vingt mille dollars, en une semaine !

— Hors de question ! Je ne vais pas me plier à ce genre de chantage. S'écriait-il ; agité.

— Ne crie pas, mon chéri, Elizabeth va entendre. En effet, avec son jeune âge, elle reste sensible.

— Excuse-moi ! Je me suis emporté. C'est cette lettre. Si tout cela est vrai, pourquoi Moreno n'a-t-il pas décelé des traces de poison ? Avoue que c'est étrange. Non ?

— Je te comprends, mais une explication

doit exister. Moreno est un brave homme, je ne peux imaginer qu'il soit impliqué dans une affaire douteuse.

— Je sais ce qu'il me reste à accomplir. Affirma-t-il ; en plissant les yeux.

— Que vas-tu entreprendre ? Tu m'inquiètes, Andrew. Pas question que tu prennes le moindre risque ! Pense à Elizabeth !

Samantha, de ses deux mains, avait saisi les siennes comme pour le supplier de ne rien engager de dangereux ; qu'il pouvait regretter !

— Je vais me rendre chez Barrett. Si le shérif de ce comté ne produit aucune aide, alors sur qui pouvons-nous compter ?

— Barrett ? C'est hors de question ! Je connais le personnage, incapable d'agir dans la discrétion. Je m'y refuse. Je préfère payer plutôt que risquer la vie de ma fille. Tu as lu comme moi, tout contact avec les autorités et c'est la mort assurée.

Andrew se pinçait les lèvres, aucun remède miracle ne se présentait à ses yeux, dans l'instant.

— D'accord ! Comment comptes-tu réunir tes vingt mille dollars ? Demanda-t-il ; sur un ton sarcastique.

— Je ne sais pas, les proches, la banque, on empruntera. Tu ferais mieux d'apporter des solutions, j'ai besoin de toi.

Andrew, à contrecœur, se résigna à respecter la volonté de sa femme. Il décrocha le téléphone et contacta des amis, sur lesquels il n'avait pas de doute sur leur soutien financier et leur discrétion. Eux, qui jusqu'à lors sacrifiaient leur temps et leur énergie pour aider les gens en difficulté, se retrouvaient, à présent, dans une situation inverse. Cependant, cette famille pouvait compter sur leur notoriété, au sein de la ville, pour surmonter cet obstacle. C'est ainsi qu'en quelques jours, seulement, les Brown avaient réussi à rassembler la totalité de la somme.

Dans le wagon, Andrew réalisait qu'après tout, ils avaient procédé au mieux, pour le bien-être de leur fille. Certes, l'argent représentait toutes les économies d'une vie, mais il n'avait pas honte de ses actes. N'importe quel père sensé aurait agi de la même façon. C'est dans cet état d'esprit qu'il quitta le train, le cœur léger.

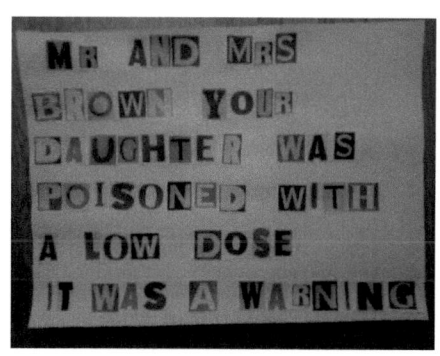

Monsieur et madame BROWN, votre fille a été empoisonnée, avec une faible dose. C'était un avertissement !

2

— Dennis Barrett —

On venait d'entamer le mois de juin et le beau temps persistait. Dans San Marina, la chaleur du soleil et sa clarté apportaient au moins quelques réconforts, pour tous ceux qui en ressentaient le besoin. Hormis les Brown, une personnalité, à ne pas négliger, émergeait dans cette ville. C'était Dennis Barrett, le shérif de ce comté. Il représentait la loi, par le biais de son étoile. Cependant, il gagnait en réputation pour sa pugnacité et sa patience, hors norme, pour résoudre les enquêtes compliquées.

San Marina, petite bourgade de trois mille âmes, s'étendait jusqu'au pied des montagnes. Mise à part des marginaux, de passage, qui avaient une forte tendance à produire des problèmes par manque de conformisme, la ville demeurait paisible. Qui venait troubler la quiétude, ces derniers temps, en créant, tel un séisme, une terrible angoisse au sein des foyers ? Exiger auprès des parents une somme d'argent, en menaçant la santé de leur enfant, était tout à fait cruel. Jusqu'à lors, San Marina n'avait jamais connu d'évènement aussi inquiétant.

Dans le bureau du shérif, la présence de familles en détresse rendait l'atmosphère électrique. Barrett et ses deux sergents prenaient les dépositions. Qualifié de malade de la paperasse, Dennis Barrett est un homme procédurier. Le bruit permanent des machines à écrire le témoignait. Cela faisait un bon nombre d'années que ses deux subordonnés, Carter et Perez, se pliaient à ses méthodes et à ses exigences.

— Vous dites avoir reçu une lettre anonyme, monsieur Clark !

Barrett détenait le verbe fort, sans pour autant manifester de la surdité. Parfois, il parlait comme ça, une manière très personnelle de mener son interrogatoire. Il prenait plaisir à intimider.

— Oui ! Hier matin. En me levant, nous avons remarqué une enveloppe sur le sol, à l'entrée de la maison. Pas de timbre, juste notre nom, bien visible au milieu.

Confirma l'homme, en baissant la tête. Sa jambe droite, tremblante, montrait un mal être.

— De quoi parlait-elle, cette lettre ?

— Je l'ai apportée, j'ai pensé que ça serait plus efficace, que vous la voyez vous-même.

Il tendit le document. Barrett, de nature suspicieuse, imaginait le mal partout. Il alternait son regard entre le courrier et la victime, de sorte qu'un grain de sable suffisait pour qu'il lui fasse revêtir le rôle de criminel. Il avait toujours endossé cette réputation et toute personne qui entrait dans son bureau savait à quoi s'attendre. Il fallait s'armer de patience et de persuasion pour affronter l'homme. C'est précisément dans ce contexte, de soupçons, que l'entretien se poursuivit. Ainsi, Dennis Barrett jeta à peine un œil, sur la lettre.

— Effectivement, je constate une menace sur votre enfant. C'est cela qui vous pousse, aujourd'hui, à venir déposer une plainte !

Il lâcha la feuille sur son bureau, avec mépris. C'était presque un ton de reproche. En fait, il s'en voulait à lui-même. Cette affaire apparaissait comme un vrai casse-tête.

— Pas seulement ! C'est surtout tous ces enfants malades du cœur, actuellement, à l'hôpital. Alors, dans le doute, j'ai préféré venir vous voir.

— Et qu'attendez-vous de notre part ? Qu'on mette votre pavillon sous surveillance ? Que l'on suive votre garçon, jour et nuit ? Nous n'habitons pas à New York, ici ! San Marina possède de faibles moyens.

Barrett parlait si fort que, ceux présents, le dévisageaient, machinalement. Puis, une fois le silence revenu, Jeff Clark poursuivit.

— Je ne sais pas, moi, monsieur Barrett. Vous êtes notre dernier espoir. Nous avons tellement peur, pour notre petit Léo.

L'esprit cartésien prédominait dans la personnalité de ce shérif. Toutefois, le ton et la sincérité de ce père de famille obtinrent l'empathie du policier. Nerveusement, il se passa la main sur le cuir chevelu.

— Vous avez eu raison de venir, monsieur Clark.

Barrett se leva et de son bras tendu, pria l'homme de se diriger vers la sortie. Cette réaction interloqua, mais surtout inquiéta ce dernier.

— Qu'allez-vous entreprendre, monsieur Barrett ? Allez-vous mener une enquête ? Comprenez notre crainte pour notre enfant.

Dans l'entrebâillement de la porte, il luttait pour que celle-ci ne se ferme pas, avant d'obtenir des réponses à ses questions.

— Rassurez-vous, monsieur Clark, je m'occupe personnellement de votre affaire. Je vous contacte, en cas de nouvelle.

Après un soupir de soulagement, il s'assit à son bureau, jeta un œil sur ses deux acolytes et rassembla les dossiers qui traînaient. Psychorigide et maniaque, il ne laissait aucune place aux actions imprévues. D'un côté, il possédait un mental à toute épreuve, mais de l'autre c'était la première fois qu'il se trouvait démuni dans une enquête. En effet, il espérait dénicher une empreinte ou un témoin oculaire ou le début d'une piste. Il prenait conscience que beaucoup de monde misait tous leurs espoirs sur sa personne. Il jeta un dernier coup d'œil sur la lettre et la mit dans un tiroir. Il savait que jusqu'à lors, fort heureusement, aucun enfant n'avait péri. Il se devait d'agir vite et surtout ne pas compter sur la chance. Lorsqu'un parent lui rendait visite, la hantise qu'on lui apprenne une terrible nouvelle l'assaillait de toute part.

Barrett, en général, suivait le modèle accusatoire, au diable, si au fil du temps, il obtenait, à son détriment, cette renommée d'homme inflexible et incarcérateur. Il adoptait ce système et appliquait la loi, à la lettre. De ce fait, la cellule de détention, située dans la pièce du fond, était constamment occupée. D'une banale bagarre le samedi soir, jusqu'au délit caractérisé de « grave », on arrivait au même constat. Le responsable finissait à coup sûr derrière les barreaux. Carter et Perez n'approuvaient pas toujours ses méthodes. De même, la population craignait des représailles ; qu'à tout moment la tranquillité de la ville explose en éclats. Tant que ce shérif maîtrisait la situation, on pouvait espérer un climat serein.

Dans son bureau, on affichait sur le mur la liste des sorties, du jour. En d'autres termes : la « petite vermine », qui obtenait son droit de libération. Barrett avait une affection toute particulière pour cette expression. En conséquence, de ce principe, ce lieu était un véritable moulin à vent, bruyant, qui n'offrait pas les conditions idéales à la réflexion. Concernant le problème des lettres anonymes, ce n'était pas dans son bureau qu'il trouverait des réponses. Tel un rituel, il notait, par habitude, sur une éphéméride l'heure et la destination de ses escapades. Pratique, dans l'hypothèse qu'on veuille le rechercher. C'est ainsi qu'il inscrivit « 15 h : Hôpital du lac ». Ensuite, il prit son arme de service, son chapeau et se leva.

— Les gars, je vais dehors, vous vous occuperez des sorties.

C'était agréable de se retrouver à l'extérieur, loin de ce tumulte. Peut-être pour rappeler ses six années d'armée, il avait acheté une grosse jeep couleur kaki, pour son usage personnel. Conformément aux dires de Samantha Brown, il ne passait pas inaperçu. Ajoutées à cela, ses deux heures d'entraînement sportif, quotidiennes, lui donnaient une carrure de bel homme. Malgré tout, son attitude de soldat et la rigueur qu'il imposait dans sa vie freinaient ses conquêtes féminines. À l'approche de ses quarante ans, il n'était toujours pas marié.

— Bonjour, monsieur Barrett ! s'exclama Lenny.

Lenny est la figure emblématique de la région, petit vieux, éternellement souriant, qui se contente de quémander, en toute circonstance. Les quelques pièces récupérées pour boire un verre et casser la croûte représentaient son travail du jour. Bien évidemment, ce comportement à se satisfaire de peu ne plaisait aucunement à Barrett. Toutefois, parce qu'il savait que la population appréciait cet individu, il s'efforçait à la tolérance.

— Lenny, pense à passer à la douche ! Tu dégages une odeur pestilentielle, des touristes circulent en ce moment ! Précisa-t-il ; sur un ton sarcastique.

Lenny perdit une partie de son sourire, ce qui enchanta le shérif.

Barrett monta à bord de son engin tout-terrain, mit ses gants de cuir et démarra. Il souhaitait obtenir des réponses à ses questions parce que, depuis quelques semaines, se manifestaient trop d'enfants malades du cœur. Sans aucun plan précis en tête, il s'appuyait uniquement sur les faits. Aussi, il se décida, pendant le trajet, à vouloir interroger la directrice de l'hôpital. Ce dernier, situé à l'extrémité de la ville, bénéficiait du calme et de la fraîcheur du lac, juxtaposé. En ce jour, la chaleur matinale incitait au jardinage. Ainsi, les tondeuses et les taille-haies étaient de sortie. Tout en roulant sur la route départementale, à vitesse réglementaire, Barrett veillait à ce rien que d'anormal ne lui échappe. Les gens qui le reconnaissaient lui prodiguaient un sourire, hypocrite. Soudain, il improvisa une petite halte chez Parsons, le pub du coin. Il se gara à proximité.

Fier d'arborer son insigne, il entra avec le chapeau sur la tête, tel un cow-boy. Le barman, le visage grave, n'appréciait toujours pas sa venue. À savoir, la fois dernière, à la suite d'une arrestation lors d'une rixe, il avait fait parler de lui. En effet, énervé, il avait contrôlé tous les clients et ainsi gâché l'ambiance. En conséquence, le serveur se demanda ce que Barrett allait, encore, lui réserver. Ce dernier se colla au comptoir et s'adressa à l'oreille du barman.
— Je cherche la petite Marge. L'avez-vous vue ?
— Elle s'amuse dans la pièce du fond. Répondit-il ; souhaitant qu'une chose : qu'il disparaisse, au plus vite.

Barrett loin de passer pour un naïf, ne tenait pas compte de l'opinion des gens. Il partirait quand lui seul jugera que c'était le moment venu. Sans ami, il ne cherchait pas à en avoir. Son unique but, en tête, c'était d'appliquer la loi.

L'établissement était constitué de trois pièces, en enfilades. Les deux premières, réservées à l'activité du bar et la restauration rapide, offraient une vue dégagée sur la rue principale. La troisième servait de salle de jeux. À cette heure-ci, elle était peu fréquentée. Arrivé dans le fond, il aperçut la jeune femme, qui se comportait comme tous ceux, de son âge, ici présents. Elle perdait son temps à pratiquer le billard, avec une amie. De ses vingt ans, elle préférait s'amuser plutôt que de s'enfermer dans une routine. Aussi, elle connaissait, pas mal de monde et récupérait, ainsi, beaucoup d'informations. À la vue du shérif, son beau sourire disparut d'un coup et fit place à la torpeur. Elle comprit, d'instinct, qu'il venait là dans le seul but de l'interroger. Discrètement, il lui fit signe de le suivre. Elle se mit à l'écart, dans un coin de la pièce, car hors de question pour elle de lui désobéir. Une fois cela fait, la jeune femme employa un ton qui ne trompait pas son dégoût à jouer, une nouvelle fois, les indics. En revanche, pour l'aide fournie, Barrett devait fermer les yeux sur son petit trafic de drogue. En dépit de son statut de shérif, il devait selon les circonstances, conjuguer avec les gens ; agir dans l'illégalité. Il détestait ça, mais n'avait pas d'autres choix.

— Qu'est-ce que vous me voulez, encore ?
— Calme-toi, Marge ! Tu sais bien que je peux te coffrer, derrière les barreaux.

Il lui tenait fermement le bras pour montrer au creux du coude des piqûres suspectes. Réagir de cette façon, c'était un coup de poker, une méthode, personnelle, qui pouvait donner des résultats. Marge ne prononçait plus un mot. Elle tourna la tête et son regard croisa celui de son amie, qui l'observait de loin. Elle lui afficha un demi-sourire.

— Es-tu au courant des enfants malades, à l'hôpital ? Dis-moi ce que tu sais, procure-moi une piste, un indice. Toute la ville commence à paniquer. Si je ne progresse pas dans cette affaire, j'ai peur des conséquences.

Marge se permit de le dévisager. Elle ne savait pas si c'était encore une astuce pour qu'elle parle ou bien la vérité. C'était toujours risqué pour elle de citer des noms, les indics y laissaient leur vie. Toutefois, sensible à la douleur de ces mères de famille, elle se décida à lui offrir une piste.

— Je n'ai aucune idée ce que ça va donner ! murmura-t-elle, comme si elle réfléchissait à voix haute.

Barrett saisit cette opportunité comme une démarche inespérée, providentielle.

— Dis-moi, Marge ! À quoi penses-tu ?

Après un moment d'hésitation, elle leva les yeux et se lança.

— Je vous conseille de suivre Moreno de près. Son comportement n'est pas net. C'est tout ce que je peux vous affirmer.

— Moreno ? Parfait ! Je dois récupérer d'autres informations, Marge.

Sans être un expert, on constatait la frayeur sur le visage de la jeune femme. Elle avait peur.

— Voyons, monsieur Barrett, Moreno sait, pertinemment, ce qu'ont les enfants. Il cache la vérité, c'est tout.

Elle se rongeait les ongles, mécaniquement.

— Et de quelle vérité, me parles-tu ? s'enquiert-il de savoir.

— C'est votre boulot, Barrett ! Répondit-elle ; en se levant.

Il cessa le questionnaire, insister ne donnerait pas de résultats supplémentaires. Un indic est toujours une personne bien utile et précieuse. Barrett s'efforçait de la préserver et rassurer.

— Merci, Marge ! Bonne journée.

Il quitta les lieux sans tarder, c'était sa meilleure façon de la remercier.

Au volant de sa Jeep, il ne cachait pas sa satisfaction. Son initiative avait porté ses fruits, car sur le principe, Marge jouait le rôle d'indicateur fiable. De toute urgence, Barrett devait suivre de près les faits et gestes de Moreno. Cependant, il connaissait ses faiblesses. Enquêter dans l'hôpital, c'était amener un éléphant dans un jeu de quilles. Ce policier était contraint d'agir en finesse, du moins, ne pas attirer de suite l'attention du praticien. De toute façon, il voulait voir Cooper, la directrice. Cette information, inopinée, ne changeait rien. Il restait environ trois kilomètres avant d'arriver à destination. Il se posait tout un tas de questions, sur le rôle de Moreno dans cette histoire. Jusqu'à présent, il ne lui reprochait rien, un médecin discret comme les autres. Toutefois, une idée commença à germer dans sa tête. Lorsque la logique n'agissait plus, Barrett imaginait les scénarios les plus incroyables. Il avait hâte de bousculer tout ce petit monde afin que l'un d'eux se fourvoie, et par faute, s'incrimine dans cette affaire. Sur place, il gara la jeep devant l'entrée principale. Il se regarda dans le rétroviseur, pour juger son image et sa tenue. Il convint qu'un visage souriant devenait nécessaire, car il désirait des interlocuteurs enclins aux confidences.

L'hôpital du lac était situé dans un lieu magnifique, aux pieds des montagnes. À L'extérieur, on avait déposé des tables, à l'ombre des cerisiers, pour le bonheur des patients. Quand on prenait une pause, dehors, et que l'on tendait bien l'oreille, on percevait le bruit d'une cascade et c'était un moyen de s'évader de cet univers, cruel, par moments. L'établissement avait subi des transformations onéreuses depuis une année, au niveau de son embellissement. On généra une activité considérable à l'intérieur pour agencer au mieux les bureaux, les laboratoires et les blocs. Le seul but était d'inciter les meilleurs chirurgiens à venir pratiquer dans ce lieu. C'était une stratégie budgétaire assez audacieuse et une grande partie de la population s'y était opposée. Cette responsabilité incombait, principalement, à madame Riley Cooper, la directrice. En dépit de tous ses efforts de communication et de promotion, l'accroissement du nombre d'opérations s'avérait indispensable pour relever une situation financière difficile. Ce détail n'avait pas échappé à Barrett. De surcroît, toutes ces opérations urgentes, vitales, pratiquées sur les enfants tombaient à point nommé. Aux yeux du shérif, c'était suspicieux. Déterminé, il entra et alla vers l'ascenseur, pour atteindre l'étage de la direction.

Toc, toc, toc. Sans attendre une autorisation, Dennis Barrett s'introduisit dans le bureau de Cooper. Celle-ci, surprise de cette intrusion, à l'improviste, leva la tête.
— Ah ! C'est vous, Barrett. Ne vous gênez pas, surtout.
Puis, elle se redressa dans son siège, posa son stylo et croisa les bras. C'était une belle femme dans la trentaine, brune,

assez petite. Nombreux étaient les prétendants qui tournaient autour, mais aucun n'arrivait à la séduire.

— Que me voulez-vous ? Apprenez que j'ai une réunion importante avec les chirurgiens.

Barrett prit la peine de s'asseoir, il était habitué à ce que sa visite soit dépréciée. Tout en s'amusant, avec le jouet « casse-tête », qui traînait sur le bureau, il lui répondit.

— Je viens vous prévenir, au cas où vous ne le sauriez pas ; je reçois de nombreuses plaintes. Des familles, depuis peu, subissent un chantage. Leur enfant est malade et logiquement, il arrive dans vos murs, madame Cooper.

Il reposa le jouet sur le bureau.

— Oui ! J'ai connaissance de la présence d'enfants, anormalement malades. Je ne suis pas aveugle !

Elle émit sa réponse sur un ton sec, avec une voix perçante. Elle se leva et se dirigea vers la fenêtre pour contempler au-dehors.

— Je suis angoissée comme toutes ces familles. Si ça peut vous rassurer.

Après un moment de silence :

— Voyez, madame Cooper, chacun doit réaliser son travail, avec sérieux. Moi, le mien, c'est de découvrir la vérité et d'appliquer la loi. Vous, le vôtre, c'est de soigner les gens.

— Où est le problème, monsieur Barrett ? C'est bien ce que je fais. Réponditelle ; en se retournant.

— Le problème ? Vous vous moquez de moi ! Je vais vous expliquer ce qui se passe, madame Cooper. Les familles reçoivent une lettre anonyme qui les incite à donner une somme d'argent. Puis, assurément, leur enfant tombe malade et vient ici pour des soins. Ensuite, s'ils ne se soumettent pas, ils reçoivent une seconde lettre, plus angoissante que la précédente, et là, l'enfant finira hospitaliser d'urgence. Heureusement, il s'en sort, mais ce genre d'opération coûte cher aux parents. Comprenez-vous où je veux en venir, madame Cooper ?

Impossible pour lui de se maîtriser, il parlait fort et sa voix transperçait les murs, si bien qu'on percevait quelques paroles dans les autres bureaux. Riley Cooper avait écouté attentivement le policier, mais ne semblait pas du tout consciente qu'il la suspectait.

— Où voulez-vous en venir, monsieur Barrett ? À cela, je vous prierai de parler plus calmement, vous êtes dans un hôpital.

Barrett éprouvait des difficultés à distinguer si l'ignorance de cette femme était sincère ou machiavélique.

— Vous n'êtes pas sans savoir que la rénovation des infrastructures vous a coûté cher. Toute cette publicité pour amener des chirurgiens de renom, ça été aussi un gouffre financier.

— Et alors ? Quel est le rapport ?

Elle se rassit à son bureau, en dévisageant le policier.

— À mes yeux, ces opérations d'urgences, financièrement profitables, constituent le mobile le plus approprié de cette affaire.

Cooper commençait à saisir ses allusions, odieuses.

— Vous n'osez tout de même pas imaginer un instant que cette rénovation, sous ma responsabilité, est la principale cause de la soudaine mauvaise santé de ces enfants. Cela dans un but économique ? C'est ridicule ! Ça ne me surprend pas de vous, Barrett !

— Pensez ce que vous voulez, madame Cooper. Sachez que tant que l'on ne trouvera pas une réponse sur l'origine de ce mal, on visera votre établissement et vous serez pointée du doigt.

Barrett, l'œil mauvais, se leva et se dirigea vers la sortie.

— Attendez, Dennis Barrett ! J'aimerais vous expliquer un fait.

— Je vous écoute. Dit-il ; nerveux.

— Nous recevons actuellement la présence de parents affolés. Leur enfant présente un rythme cardiaque anormal. Nos médecins se trouvent impuissants face à ce mal étrange. Puis, sans raison apparente, après deux ou trois jours, tout revient de façon correcte. C'est inexplicable ! En revanche, lorsque ce même enfant vient pour la seconde fois, son état de santé est plus inquiétant et une opération s'avère indispensable. Celle-ci a pour but de déconnecter les cellules nerveuses du cœur, qui provoquent le rythme cardiaque irrégulier. Cette pratique dure environ trois heures. Vous pouvez vous renseigner, monsieur Barrett. Nous faisons, pour reprendre vos paroles, notre métier.

— J'entends bien, mais je reste convaincu qu'on me cache la vérité.

Il fit un signe de la tête en guise de politesse et sortit. Plusieurs personnes, dans le couloir, le dévisagèrent. Il comprit que sur le plan de la discrétion, c'était un échec. Qu'importe, il était persuadé de toucher un point sensible. Il quitta les lieux.

La salle de réunion était une grande pièce qui jouissait d'une baie vitrée et offrait ainsi une vue incomparable sur les reliefs. Le reflet des montagnes sur le lac qui les bordaient donnait une image de carte postale. En dépit de cet endroit idyllique, l'ambiance contrastait de toute évidence. On lisait sur les visages la gravité de la situation. Les chirurgiens et Kate, la secrétaire, attendaient que Cooper s'empare de la parole. Ils se doutaient, par avance, de l'objet de la réunion. Kate avait pour rôle la prise de notes, en sténo, des différents échanges de la séance.

— Je vous ai mobilisé, messieurs, madame pour établir un point, ensemble, sur les problèmes actuels, en l'occurrence les arythmies cardiaques chez les enfants de cette ville. Terry ! Que nous apportes-tu de nouveau, dans tes recherches ?

Le tutoiement s'imposait naturellement, d'autant plus que Moreno et Cooper travaillaient de concert, depuis de nombreuses années. Toutes les têtes se tournèrent vers le médecin.

— Malheureusement, Riley, c'est un mystère. On distingue la présence de tachycardie ou bradycardie, selon le cas. En ajout à cela, il y a des problèmes respiratoires, accompagnés de nausées. Je t'assure, je fais de mon mieux, mais je n'ai pas encore trouvé ce qui peut provoquer cela.

Cooper observait son attitude, avec minutie. Elle espérait déceler une particularité qui prouverait qu'il lui cache la vérité. Elle ne remarqua rien.

— Je suppose que vous êtes au courant de la visite que j'ai reçue dans mon bureau ! s'exclama-t-elle, à l'assemblée.

— Devons-nous simuler être sourds pour ne pas reconnaître Barrett ? intervint Kate.

Cette question provoqua des sourires, apaisants.

— Monsieur Barrett est venu me prévenir que la population commence à s'angoisser. De son côté, il pense, à tort, que nous occupons une responsabilité dans tout cela.

Quoi qu'il en soit, nous devons procurer des réponses.

De son regard, elle fit un tour de table et comme personne prononça un mot, elle poursuivit.

— En conséquence, j'ai pris la décision de contacter Alan Katerman. Son aide fondamentale apportera quiétude et efficacité ; on espère qu'il le voudra bien.

Sur cette nouvelle, Moreno se leva, brusquement.

— Je m'y oppose ! s'écria-t-il.

Il affichait un air menaçant. Cooper était surprise de ce comportement. C'était la première fois qu'il lui faisait front de cette façon.

— Monsieur Moreno, je vous prierai de vous rasseoir.

En cas de désaccord, le vouvoiement reprenait ses droits.

— Que vous soyez opposé ou pas, c'est ma décision.

Pendant que Cooper et Moreno s'expliquaient, Kate s'approcha de son voisin.

— Qui est ce Katerman ? murmura-t-elle.

— C'est un chirurgien de renommée mondiale.

— Mais pourquoi Terry réagit-il ainsi ?

— Je suppose que du fait qu'il est responsable du dossier des arythmies, il n'a pas envie qu'un autre le fasse passer pour un incapable.

— Sans vouloir défendre madame Cooper, on ne peut pas rester comme ça, les bras ballants.

Cooper se leva, ce qui annonçait la fin de la réunion.

— Voilà ! C'est tout ce que j'avais à vous informer, messieurs, madame. Je vous souhaite une bonne journée.

Toutefois, tout en rangeant son dossier, elle s'adressa à Kate.

— Est-ce pour bientôt, ton heureux évènement ?

Riley regardait, avec un sourire, le ventre arrondi de la jeune femme.

— Oui ! À court terme, ce mois-ci.

Cooper ne possédait pas d'enfant alors l'espace d'un instant, elle s'identifiait à cette future maman. Elle rêvait de fonder un jour une famille avec un homme qui saurait la comprendre et la soutenir dans ses actes. Puis, elle regagna son bureau. Moreno restait assis et songeur. Un confrère, tout optimiste, lui tapota l'épaule en guise d'encouragement et lui glissa à l'oreille :

— Mets ta fierté de côté, ce Katerman nous paraîtra bien utile.

Moreno ne desserrait pas les dents, il s'empara de son porte-document et quitta la pièce, l'air sévère.

Barrett avait une fois, encore, usé de sa fonction, pour récupérer auprès d'une secrétaire, les noms des petits concernés dans ces problèmes cardiaques. Dans la mesure où la liste s'agrandissait, de jour en jour, il choisit un nom, à forte réputation. Toutefois, les parents n'étaient pas venus à son bureau. Il voulait connaître la raison. L'affaire lui paraissait confuse et surtout axée sur les non-dits. À savoir, quand on visait la vie des enfants, la peur s'installait et l'on préférait se taire. Un système de défense instinctif. Avec cette difficulté supplémentaire dans la conscience, il frappa à la propriété de cette famille. Une charmante enfant ouvrit et l'accueillit par son beau sourire.

— Bonjour, mademoiselle ! Puis-je voir tes parents ?

— Heu ! Bonjour, monsieur. Je vais les chercher.

L'étoile, épinglée sur sa chemise, permit à la jeune fille de reconnaître le statut de représentant de la loi.

— Alors, vous me croirez si vous voulez ! Mais Lenny ne s'est pas dégonflé devant Barrett. Expliquait George Harris, dans un grand rire.

— Non ! Il n'a pas osé ? s'inquiéta Samantha Brown, les yeux écarquillés.

— Je vais préciser qu'il avait fait terriblement chaud, ce jour-là, si vous percevez ce que je veux dire. Indiqua George.

Il montra de la main une bouteille sur la table. Cette remarque ne manqua pas d'engendrer les rires dans cette petite troupe, qui s'était installée confortablement sur la terrasse. Ces deux familles prenaient régulièrement une satisfaction, non dissimulée, à raconter des anecdotes cocasses. À l'ombre d'un splendide épicéa bleu, qui servait de brise-vent, profiter du magnifique panorama était un plaisir sans fin. Ses grands espaces et ses montagnes Rocheuses en arrière-plan offraient un paysage insolite. Où que l'on se situe dans le Colorado, une petite bourgade ou un site vaut, toujours, le détour.

— Et donc ? Interrogea Samantha ; avec empressement.

— Et donc et donc ! Il s'est tourné et a baissé son pantalon.

Tout le monde éclata de rire. Le tempérament de Barrett et ses rapports avec autrui servaient de prétextes pour discerner ce qui déclencha cette hilarité.

— Papa ! Maman ! Un policier attend à l'entrée.

À cette annonce, les parents s'interrompirent de se moquer, sur le champ. Tous les convives furent surpris de cette nouvelle. Andrew et Samantha se levèrent presque à regret.

— Continuez sans nous, à prendre le café. Nous revenons au plus vite.

— Pas de souci Andrew. Nous ne bougeons pas.

Inquiets de savoir ce que désirait ce policier, ils rejoignirent l'entrée de la maison, à grandes enjambées.

— Shérif, désolé nous bavardions derrière, nous n'avons pas entendu frapper. Que pouvons-nous vous apporter, pour votre service ?

— Monsieur et madame Brown ?

— Oui ! répondit Andrew, surpris.

— Je viens vous voir dans le cadre d'une enquête, celle des lettres anonymes. Êtes-vous au courant ?

Andrew souhaita que Samantha prenne la parole, car il ne savait pas mentir.

— Depuis quelque temps, tout le monde en parle. Forcément, nous sommes au courant. En revanche, nous ne sommes pas concernés, heureusement. Je ne pense pas qu'on puisse vous aider. Répondit-il ; escomptant le fait que ce policier rebrousse chemin.

— Et vous, madame Brown ? Savez-vous quelque chose ?

Samantha, placée en arrière, cajolait Elizabeth et réalisait que Barrett n'avait absolument pas cru un seul mot de son mari. Aussi, elle préféra adopter une autre stratégie.

— Je travaille à l'hôpital et je constate que le nombre d'enfants malades dépasse la normalité. Je ne peux vous dire si c'est lié. Malheureusement, je ne sais rien de plus, monsieur…

— Barrett, Dennis Barrett.

À l'annonce de son nom, un curieux sourire s'afficha sur les visages de ses interlocuteurs, ce qui l'enchanta. Elle s'approcha du shérif, apposa sa main sur son bras et lui dit à voix basse :

— Je ne vous cacherai pas que notre petite fille est tombée malade, elle aussi ! Mais heureusement, ce n'était qu'une gêne temporaire.

— Observez, monsieur Barrett ! Regardez comme elle montre une bonne santé. Je ne pense pas qu'Elizabeth tisse un lien quelconque avec votre affaire. Précisa Andrew, sans tarder.

— Si par ailleurs, vous découvrez des informations ou un détail qui vous revenait, n'hésitez pas à passer au bureau. Suggéra Barrett ; en renvoyant leurs sourires.

Toutefois, il savait que c'était peu probable de les revoir. Il adressa ses salutations et reprit la route.

3

— L'arrivée —

Au travers du hublot, se dessinait le grand canyon du Colorado. Ses profondes falaises et le contraste de ses couleurs offraient un spectacle saisissant de plusieurs centaines de kilomètres. Dans ce climat aride, on imaginait mal une petite ville s'y implanter. C'était tout le paradoxe de cette contrée, le paysage changeait rapidement. Katerman, pourtant habitué à sillonner le monde, tombait lui aussi sous le charme de cette région. Cependant, la mission qu'il devait accomplir se révélait particulière. Stupéfait que des symptômes d'arythmies cardiaques puissent tenir en échec une brillante équipe de médecins, il avait accepté cette invitation, sans hésiter. Il souhaitait, de tout cœur, apporter sa contribution. À savoir, toute une population attendait après lui, par conséquent, il arriva sur le petit aérodrome de San Marina, dans une excitation grandissante.

Une horde de journalistes guettait, en cette fin d'après-midi, avec impatience, l'atterrissage de l'avion. La présence de toutes les radios locales en témoignait. Les autorités, pour des raisons de sécurité, avaient prévu une protection renforcée pour ce personnage, tellement important. En clair, seule la fête nationale rassemblait une foule aussi impressionnante.

Du haut de la passerelle de débarquement, il entendait le crépitement des appareils photo. Tout en descendant les marches, il voyait tous ces bras tendus, pour l'interviewer de leur micro. Katerman n'avait jamais connu une arrivée autant médiatisée. L'espace de cet instant, on accueillit l'homme, à l'image d'une star. Cette idée l'amusa et l'on distingua son sourire sur les lèvres. En revanche, il devait subir les questions des journalistes.

— Monsieur Katerman ! Donald Nelson, chaîne CNN Colorado. Pensez-vous trouver un remède pour tous ces enfants malades du cœur ?

— Trop tôt pour l'affirmer. Un diagnostic permettra d'éclaircir ce curieux phénomène.

Rapidement, quelques gardes du corps l'entourèrent pour créer une solide barrière contre une éventuelle agression.

— Monsieur Katerman ! Ruby Bailey ; radio locale San Marina. Savez-vous si l'on fait appel à vous, en rapport à vos compétences en médecine ou bien à vos exploits en Californie ?

Alan Katerman sourit de cette remarque.

— Désolé ! Je ne peux vous renseigner. Demandez à madame Cooper.

Tout en l'évacuant de l'aéroport, cet invité notoire répondait aux questions. Cependant, une journaliste fut l'exception à la règle. Elle ne se précipitait pas, contrairement aux autres. Son confrère, Hoyt Foster, en fut le premier surpris.

— Alors, Kelly ! Pourquoi n'interroges-tu pas Katerman ? Toi, qui habituellement, tu affectionnes à prendre tous les risques, en vue d'obtenir un scoop.

La jeune femme, un long porte-cigarette à la bouche, releva quelque peu son grand chapeau noir, pour mieux apercevoir celui qui se trouvait noyé dans cette foule.

— Voyons, Hoyt ! Si ce médecin attire ces curieux de la même manière que le miel pour les abeilles, je suis suffisamment rusée pour éviter de me soumettre à ce petit jeu.

Kelly Williams n'était pas une journaliste comme les autres. Personnage haut en couleur, elle prenait soin, d'être remarquée, que les regards se tournent sur son passage. Ce jour-là, elle portait une jolie robe rouge-écarlate, cintrée, sans manche, qui laissait suggérer une belle silhouette. Premièrement, d'un fort tempérament, elle aimait dominer la situation et surtout les hommes. En second lieu, elle savait user de ses charmes pour arriver à ses fins, le cas échéant. Elle exhibait sa fierté et ne la cachait pas. C'est ainsi qu'elle demanda à son collègue quelques précisions.

— Dis-moi, Hoyt ! Quel aspect particulier rend ce médecin différent des autres, au point de mériter mon attention ?

À cette question, il s'esclaffa de bon cœur, ce qui aboutit à l'énerver.

— Tu ferais mieux de répondre, au lieu de ricaner bêtement.

Bien qu'il avait l'habitude de sa susceptibilité, il ria de plus belle. Elle finit son verre et se leva pour partir.

— Attends ! Même cachée derrière tes lunettes de soleil, je perçois ta jalousie. Tu es vexée. Tu adorais te retrouver sous le feu des projecteurs. Je te connais par cœur, Kelly ! Pourtant, quelque chose doit te rendre aveugle, car tu ne te rends pas compte. Alan Katerman est le plus grand chirurgien du monde. Précisa-t-il, avec un large sourire et des yeux de fascination.

— Et alors ? s'indigna-t-elle, en se retournant.

— D'accord. Je vais t'en dévoiler plus, puisque mon argument ne te convainc pas. Sache qu'il a résolu l'affaire des tableaux volés, en Californie. C'était une enquête compliquée, qui remonte à presque un an.

Cette révélation suscita la curiosité de la jeune femme.

— Et comment a-t-il procédé pour démasquer le coupable ?

— Ha ! Tu vois ! Il t'intéresse. En conséquence, je te laisse le soin de lui demander. Maintenant, tu m'excuseras ma chère, un reportage m'attend.

Il mit son appareil photo en bandoulière, prit son bloc-notes et se faufila dans la foule.

C'est dans une escorte de trois véhicules que l'éminent chirurgien quitta l'aéroport pour se rendre à destination de l'hôpital.

Cette arrivée sous protection ne passa pas inaperçue. Riley Cooper ne cachait pas sa déception.

— Monsieur Barrett ! Je suppose que c'est à vous que je dois cette mise en scène.

Cette petite femme bouillonnait de nervosité et renvoyait un visage rouge de colère. Barrett ne comprenait pas le souci et préféra se taire.

— Je vous rappelle que l'on vise la vie des enfants de San Marina. Monsieur Katerman apparaît comme un précieux atout et de nombreuses familles espèrent par son travail retrouver la tranquillité d'esprit.

Tout en s'expliquant, elle apercevait au travers des stores, les flashs des appareils des journalistes. Quelques-uns avaient réussi à se poster au plus près de l'hôpital, dans l'espoir d'une photo d'exception.

— Que voulez-vous dire ? intervint Katerman.

— Je veux dire, avec tout le respect que je vous dois, que si éventuellement, la santé des enfants ne s'améliorait pas rapidement, il serait fort probable de s'attendre à une panique, voire une émeute. Pardonnez-moi de vous administrer une telle pression, dès votre venue.

— Ne vous inquiétez pas !

— Monsieur Katerman, sachez qu'une rumeur revendique que tous les chantages que subissent les familles seraient liés à mon établissement. Je suis navrée que vous interveniez dans ces circonstances.

— Je vous assure tout mon possible, pour vous aider. Précisa-t-il ; avec un sourire.

Le bâtiment assiégé par les journalistes n'apaisait pas du tout Riley Cooper.

— Monsieur Barrett, je vous prierai d'accompagner notre hôte à son motel, sans vouloir vous obliger, monsieur Katerman.

— Vous avez raison, j'ai effectué un long voyage, j'ai besoin de repos. Ainsi, demain matin, je procéderai à un premier diagnostic.

— En effet, je vous présenterai toute l'équipe et l'avancée de nos recherches. Monsieur Barrett, je vous demande d'assurer la sécurité et d'entreprendre le nécessaire pour chasser tous ces importuns. Je vous remercie.

Elle accompagna Katerman vers la sortie de son bureau. Elle lui serra la main amicalement, avec dans son regard, une petite lueur. Celle-ci indiquait que ce charme, rare, que possède certains hommes, la séduisait. Barrett, témoin de cette scène, mit un terme, car hors de question de favoriser ce romantisme.

— Monsieur Katerman ! Je préférai ne pas trop traîner.

Au volant de sa jeep, Barrett ne disait pas un mot. Il ne supportait pas qu'on rejette ses méthodes. À ce moment précis, ce statut de simple exécutant paraissait réducteur et suscitait sa nervosité. En temps normal, il aurait provoqué des esclandres, mais là, c'était différent. On l'avait chargé de la protection du chirurgien et assurer son bien-être. Il devait se plier aux exigences de Cooper. Après analyse, l'enquête devenait compliquée, car il devait avoir un œil sur Moreno et sur ce nouvel arrivant. En général, il ne comptait que sur lui-même pour résoudre ses affaires. Il s'opposait à cette idée de travailler en équipe et préférait agir en solitaire. Ce voyageur que tout le monde prenait pour un héros risquait de tout bouleverser, à vouloir jouer les détectives. Il n'envisageait surtout pas que Katerman lui apporte des soucis. En conséquence, Barrett devait clarifier les choses.

Pour toute la durée du séjour, on avait affecté un véhicule avec chauffeur, pour les besoins de Katerman. C'est ainsi qu'on le déposa devant le meilleur motel de la ville. Il gravit les quelques marches pour atteindre l'entrée. Barrett le suivait de près. Il stoppa sa voiture et baissa la vitre.

— Monsieur Katerman ! Pouvez-vous vous approcher, un instant ?

Surpris que le shérif l'interpelle en pleine rue, il vint à son niveau.

— M'avez-vous appelé, monsieur Barrett ?

— Oui ! Je tenais à vous prévenir, monsieur Katerman. Moi, je n'aime pas les cow-boys et encore moins ceux qui jouent les super héros. Alors, que ça soit clair ! Vous accomplissez votre travail de toubib et moi je mène mon enquête. Que vous ayez résolu une affaire dans un autre état, je m'en fiche. Avez-vous compris ?

— Ce que je comprends cette nuit, monsieur Barrett, c'est que je peux compter sur votre aide. Bonne soirée ! Répondit-il ; accompagné d'un sourire crispé.

La nuit fut agitée pour tout le monde. En revanche, ce chirurgien était fermement décidé à mettre de l'ordre dans cette ville.

Aussi, le lendemain, après un petit déjeuner bien vitaminé, il quitta le motel pour retourner à l'hôpital. Sur le trottoir, malgré l'heure matinale, quelques journalistes à l'affût, le harcelaient déjà, de questions.

— Monsieur Katerman, que s'est-il passé hier soir ?

Peu habitué à être agressé de cette manière et parce que ses préoccupations majeures l'accaparaient, il n'avait pas l'humeur à répondre. Les journalistes le voyaient bien, mais y prêtaient peu d'attention. Soudain, un véhicule arriva en trombe. Le bruit strident des pneus sur la route témoigna du freinage brutal. Aussitôt, un sergent en sortit et l'extirpa de cette souricière. Empoigné de force, il réussit à monter à bord de la voiture. Son sauveur démarra, aussi vite que possible. Katerman s'essuya, de son mouchoir, son front tout transpirant. Inquiet, il jeta un œil par le hayon et vit les journalistes se précipiter à les poursuivre.

— Je vous remercie, Sergent. Sans vous, seul un miracle aurait permis de m'échapper de là.

L'homme, concentré au volant, restait aux aguets.

— Prenez garde, à l'avenir ! Je ne vous assure pas de ma présence à tout instant.

Katerman, déconcerté par le comportement de ces journalistes, s'aperçut qu'une poche de sa chemise était déchirée.

— Vous avez raison, je ferai attention. Je n'arrive pas à saisir le sens d'une telle brutalité.

Le sergent expliqua que San Marina se présentait, d'ordinaire, comme une petite ville bien calme. Ces histoires de chantages où les gamins tombent malades s'apparentaient à des évènements exceptionnels. À savoir, pour un journaliste, c'était un scoop et le moindre détail, lié à cette affaire, prenait une dimension outre mesure. En conséquence, pour cela, on n'hésitait pas à mettre en œuvre tous les moyens. Le chauffeur s'apprêtait à en rajouter, mais par crainte d'effrayer son passager, se ravisa.

— Nous allons bientôt arriver, monsieur Katerman. Allez-vous, mieux ? Se renseigna-t-il, en jetant un œil, à l'arrière.

— Oui ! Ne vous inquiétez pas, j'en ai vu d'autres. Répondit-il ; dans un grand rire.

Conformément aux dires de Riley Cooper, toute l'équipe, rassemblée au grand complet, attendait avec une excitation, démesurée, le talentueux chirurgien. À l'idée que chacun côtoie un praticien, qui appartient à l'élite mondiale, cela entraînait des murmures, des gloussements ou petits rictus nerveux. La directrice regardait sa montre, car quelque peu impatiente. Voyant ses collaborateurs et collaboratrices manquer de discipline, elle préféra les recadrer.

— Messieurs, mesdames, je vous prierai de garder votre sérieux.

Toutefois, dans le groupe, une personne affichait une mine triste, pas un sourire. Ce fut Moreno. Habillé de sa blouse blanche, son visage reflétait celui d'un homme contrarié. Ce détail n'échappa pas à Cooper.

— Moreno ! Vous semblez inquiet ! Avez-vous un souci ?

— Heu ! Non ! Ça ira, merci.

— Si vous le désirez, je vous rends exempt, ce matin, de cette rencontre avec monsieur Katerman.

— Non ! Non ! Ce n'est pas la peine. Merci !

— Alors, dans ce cas, efforcez-vous d'afficher un sourire et non ce portrait qui inspire la tristesse. Voulez-vous !

— Je prends note, madame Cooper.

Soudain, Alan Katerman arriva dans la pièce. Bien que le bureau de la directrice bénéficie d'espace, la présence de toute l'équipe donnait une sensation de mise à l'étroit. Pour l'occasion, on avait prévu une distribution d'une flûte de champagne, à chacun. D'autre part, un plateau de biscuits secs, posé sur une table, servait d'accompagnement. Katerman effaça, d'un grand sourire, tous les évènements de la veille. Madame Cooper présenta le chirurgien à tous les membres du groupe. Il serra, tour à tour, les mains. Émus, admiratifs et pour ne pas manquer de respect, ils renonçaient à le fixer du regard. Katerman prit la parole afin de dissiper tout malaise au plus vite.

— Mesdames, messieurs, nous allons devoir travailler ensemble. Je souhaite que chacun donne le meilleur de lui-même. Vous pouvez me tutoyer ou m'appeler par mon prénom. Une bonne ambiance me paraît indispensable.

Dès que le petit verre d'amitié et de bienvenue fut passé, Riley Cooper convia une aide-soignante à procéder à la visite de l'établissement. Le groupe se dispersa et seule la directrice resta à leurs côtés.

— Alan ! Je vais devoir retourner à mon travail. Je te laisse entre les mains de Lindsay. Je te retrouve ensuite pour la pause déjeuner. Cela te convient ?

— Oui ! Très bien. J'effectue une courte visite et je vais voir nos jeunes patients. À tout à l'heure.

L'hôpital, construit sur trois étages, jouissait d'une architecture, originale. En effet, on avait conçu, en son centre, un patio. Lorsqu'on sortait d'un bloc opératoire, on se retrouvait dans un couloir baigné de lumière, diffusée par cet espace à ciel ouvert. Par ailleurs, on avait planté quelques arbrisseaux pour apporter une touche de verdure. Là encore, ce privilège coûteux fut à l'initiative de la directrice. Au rez-de-chaussée se trouvaient le secrétariat, les bureaux administratifs, ceux des médecins, les urgences et la pharmacie hospitalière. Le premier et le second étage étaient réservés aux chambres. Les blocs opératoires et le bureau de la directrice occupaient le dernier niveau. Sans tarder, Lindsay l'invita à la suivre. À l'approche de la pharmacie, elle lui transmit une information.

— Derrière cette porte, Moreno est affairé à ses recherches. Veux-tu le voir, maintenant ?

— Non ! Laissons-le travailler. Je le consulterai ultérieurement. Dans un premier temps, je préférai rejoindre les enfants.

— Suis-moi, dans ce cas ! C'est au second.

Ils prirent l'ascenseur. C'était moderne. Dans cette cabine, les parois étaient réfléchissantes. Ainsi, pendant ces quelques secondes d'ascension, Alan, attisé par la curiosité, observa le reflet de la femme. Son jeune âge et ses cheveux châtain clair rappelaient logiquement une ancienne petite amie. L'idée que son esprit s'amuse à opérer cette comparaison le fit sourire machinalement.

— Qu'est-ce qui te pousse à devenir si souriant, d'un coup, Alan ?

— Non, rien. Je repensais au comportement de Barrett, hier soir. Donna-t-il, en guise de réponse.

— Pff ! Barrett ! Quel imbécile ! s'exclama-t-elle ; en haussant les épaules.

Katerman fronça les sourcils de cette révélation.

— Je te vois déçu de mes propos, mais je t'assure, Barrett n'aime personne. Fais attention, il est capable de t'enfermer derrière des barreaux.

Elle riait de sa dernière remarque. Puis, elle profita de cette proximité inopinée pour lui glisser une confidence à l'oreille.

— Méfie-toi aussi de la plupart des femmes, ici. Tu es un bel homme, intelligent, donc...

Les portes de l'ascenseur s'ouvrirent. Par opposition au rez-de-chaussée, le silence occupait le deuxième étage. C'était un long couloir, ensoleillé. À gauche, au travers des vitres, un splendide panorama sur les montagnes attirait les regards. À droite, on affectait les chambres aux enfants.

— Vous bénéficiez d'une vue magnifique. C'est très plaisant. Montre-moi l'espace réservé aux enfants malades du cœur, je te prie.

— Très bien. C'est au bout du couloir.

Le faciès du chirurgien changea tout d'un coup. Il se dirigea vers une infirmière, celle qui assurait la surveillance des petits.

— Bonjour Alan ! Nous sommes rassurés de ta présence. Si tu as besoin de quelque chose, n'hésite pas à me le demander.

— Merci. Dans ce cas, je vais te solliciter pour m'accompagner dans cette première auscultation, en cas d'éventuelles questions.

Dans la première chambre le petit Léo se reposait. Il y avait deux lits, dont un inoccupé. Sur une table, on avait commencé, en partie, un puzzle. Quelques peluches déposées dans la pièce apportaient une touche rassurante.
— C'est Léo Clark, notre dernier entrant. Il est arrivé avec des difficultés respiratoires, même pendant son sommeil. Comme signes, nous constatons une pâleur du visage, une présence de tachycardie et de sueurs. Le rythme cardiaque commence seulement à décroître. Il nous a fait peur.

L'enfant dormait profondément, la figure reprenait des couleurs rassurantes. Katerman s'empara de son stéthoscope et écouta attentivement le cœur malade. Puis, il se tourna vers la soignante.
— Depuis quel moment, précis, ce petit récupère-t-il un rythme cardiaque normal ?
— Heu ! Depuis hier soir, je crois. Tu devrais demander à Terry, qui te renseignera dans les détails.

— Terry ?

— Oui, pardon. Terry Moreno, c'est le médecin principal que tu as aperçu, tout à l'heure.

Katerman réfléchit un instant et lui donna des consignes.

— C'est déjà accompli, monsieur Katerman ! intervint-elle.

— Suivez précisément mes instructions, je vous prie. Insista le chirurgien, la fixant du regard.

Il jeta un œil sur le dernier électrocardiogramme puis quitta la pièce. C'est à ce moment précis qu'il tomba nez à nez avec une grande et charmante jeune femme. Elle lui exprima un beau sourire. Nul doute qu'elle l'avait attendu, derrière la porte.

— Est-ce vous, Alan Katerman ?

Il la scruta des pieds à la tête. Elle affichait sa féminité en revêtant une veste de cuir noire, à franges, sur un chemisier blanc. De surcroît, le pantalon écossais avec coupe cintrée, qui épousait parfaitement ses formes, la rendait fortement séduisante.

— Oui ! À qui, ai-je l'honneur ?

Elle ouvrit sa pochette, en bandoulière, pour en extraire une petite carte.

— Kelly Williams ! Rédactrice au Marina News. Rassurez-vous, je ne vous importune pas pour vous poser des questions, sur ces enfants. Je sais que vous venez d'arriver.

Elle prit doucement la main d'Alan pour y glisser sa carte. C'était un geste gracieux, furtif, réalisé avec élégance.

— Alors, que puis-je pour vous ?
Curieux, il souriait, en rangeant la carte dans sa poche de blouse.

— C'est à propos de cette affaire de tableaux, en Californie.

Elle se faisait un malin plaisir de le dévisager comme pour chercher à le désarçonner. Elle adorait, spécialement, plier les hommes faibles et les rendre soumis, ainsi sous son joug.

— Que faites-vous, ici ? questionna Riley Cooper.

— Je serai ravie de savoir comment vous avez fait pour démasquer ce voleur de tableaux.

— Je vous parle ! s'interposa, cette fois-ci, sèchement la directrice.

Kelly Williams ne pouvait plus faire abstraction de cette intervenante.

— Quel est le problème ? s'écria-t-elle, sur un ton hautain, en lui faisant face.

— Vous avez le culot de me le demander ! Regardez-vous ! Ce n'est pas une tenue qui convient pour se présenter dans un hôpital ! Je vous prierai de partir au plus vite, sinon je vous fais évacuer.

Alan Katerman, témoin de cette incartade, était stupéfait du comportement excédé de Riley Cooper. Certes, cette dernière attachait beaucoup d'importance au respect de l'hygiène, mais dans le cas présent, il y voyait surtout une antipathie affirmée, vis-à-vis de cette Kelly Williams. Il avait bien remarqué ce comportement prédateur, dissimulé et cette volonté d'écarter de la main toute rivale potentielle. Toutefois, Williams avait agi en territoire ennemi, sans aucune crainte et avait échoué devant cette résistance. Quoi qu'il en soit, la journaliste quitta les lieux, avec nonchalance. Elle désirait, sans état d'âme, montrer, d'une manière propre à elle, son indifférence aux menaces. Une fois hors de vue, Riley Cooper prit naturellement les mains d'Alan.

— Excuse-moi si je t'ai paru excessive avec cette femme. Je peux t'assurer que cela ne me ressemble pas. Ce sont tous ces journalistes qui ne respectent rien et me mettent hors de moi.

— Mais tu n'as pas à t'excuser, Riley. C'est ton hôpital.

— Heu ! Oui, tu as raison.

Devant une telle indulgence, elle parut décontenancée. Puis elle jugea son attitude trop familière, parce qu'elle s'aperçut lui tenir encore les mains. Aussi, elle recula et fit face à la fenêtre.

— Heu ! J'avais prévu un déjeuner à l'extérieur, près du lac. Ça te convient, toujours ?

— Je suis désolé, Riley, je viens de me souvenir d'un rendez-vous.

Elle n'arrivait pas à déceler la sincérité de sa réponse ou voir, là, un prétexte à refuser son invitation. Elle n'insista pas et s'évertua à garder le sourire.

— Pas de souci, Alan. Ça sera pour une autre fois.

Après une formule de politesse, il monta dans l'ascenseur, en direction de la sortie.

À l'extérieur, il exigea du sergent de lui céder la voiture. Il n'avait pas besoin d'un chauffeur et préférait agir de lui-même. Une fois la décharge signée, il prit le volant et démarra. Dans le rétroviseur, un sergent stupéfait et médusé restait figé sur place.

Sur la route, il essayait d'y voir clair. Rien ne lui paraissait logique. Entre une directrice qui veut donner bonne figure et qui ne contrôle rien. Des enfants qui décrivent tous les signes d'empoisonnement, mais aucun médecin ne déclenche une alerte. Et enfin, un shérif qui désire emprisonner tout le monde. Il se demandait si tout cela était sérieux. De plus, il pouvait compter que sur lui-même. Toutefois, il se rappela cette étrange femme, rédactrice et chercha dans sa poche la carte de visite. Conscient qu'elle avait disparu, il s'écria à voix haute.

— Incroyable ! Riley, piquée par la jalousie, l'a récupérée.

La ville s'étendait en longueur et de ce fait n'apportait aucune complication, pour se repérer. Dès lors, il trouva facilement le bureau du shérif. Il se gara et laissa sa blouse dans la voiture, pour éviter d'attirer l'attention. Il entra à contrecœur et aperçut Barrett en train d'interroger une personne. Le brouhaha assourdissant donnait l'envie irrésistible de repartir. Il signala sa présence.

— Katerman ! Que me vaut votre visite ? Vous avez un problème ?

Obtenir de sa part son inquiétude relevait de l'exceptionnel, mais espérer, en plus un sourire, demeurait une aberration.

— Non ! Je viens simplement récupérer mon chien.

— Ha ! Oui ! C'est vrai ! C'est Perez qui s'en occupe.

— Oui ! Moky.

— Perez ! Amène-moi la bête. Hurla-t-il ; les mains en porte-voix.

Après quelques secondes, un beau labrador couleur sable arriva à ses pieds.

— Moky ! Heureux de te revoir.

Le chien agitait la queue de contentement. Alan prit la laisse et remercia poliment Perez, avant de repartir.

4

— Étrange association —

S'aventurer dans les Rocheuses, c'était partir à la conquête de magots engloutis, tel un voyage d'antan. La superstition ou la légende mystique poussait, naturellement à croire que toute personne qui dénichait ces cachettes s'octroyait le privilège de devenir riche. En se perdant, volontairement, dans ses méandres, on avait une petite chance de découvrir des localités inhabitées, appelées curieusement « ville fantôme ». Avec cela, ceux qui marchaient dans les pas de ces chercheurs du passé ressentaient une excitation, sans pareil. Jadis, à l'époque de la ruée vers l'or, les gens affluaient de toute part et s'installaient dans ces villes, pour dégoter la fortune. C'était la course au trésor. Puis, sans être spécialement un fataliste, lorsque le filon commençait à se tarir, ces habitants éphémères disparaissaient, à leur tour.

Toutefois, il existait un endroit encore plus secret, plus important, caché dans les montagnes. Au premier abord, on pouvait espérer que ce fut cette mine abandonnée, qui renfermait des tonnes de pépites. Malheureusement, ce lieu silencieux servait, en réalité, de refuge à Daniel Jenkins et Luke Evans. Avaient-ils repéré ce coin, par le plus grand des hasards ? Personne ne le savait. Selon les apparences, peu probable qu'ils siégeaient, là, pour la fièvre de l'or.

Luke Evans est un être particulier, tout comme ce paysage. Bien que doté d'une force herculéenne, il manifestait son désaccord à répandre le mal et affichait, au contraire, une gentillesse peu commune. Par contre, la chance lui souriait rarement. D'une part, un physique disgracieux, en particulier, une calvitie bien prononcée et la rugosité de sa peau nuisaient à son image. Et d'autre part, sa déficience mentale entraînait, de façon régulière, des préjudices à autrui. Il ne pouvait s'assumer seul parce que dans ce monde cruel, on le considérait simplet. C'est la raison pour laquelle, son fidèle ami, Daniel Jenkins, lui servait de mentor. Toutefois, ce rôle exigeait des compétences spécifiques. En effet, Daniel redoutait que Luke entreprenne des initiatives, loufoques et imprévisibles.

— Dit, Daniel ! Pourquoi tu marches sans t'arrêter ? Pourquoi tu dis rien, Daniel ?

Luke s'exprimait toujours lentement et articulait chaque mot. Il utilisait un langage enfantin. Cependant, le contexte impose, parfois, le silence, parce que la réflexion doit être prioritaire sur tout le reste. Luke ne comprenait pas ce genre de comportement.

— Cesse avec tes questions ! Tu vas encore me fatiguer. Et sais-tu ce qui se passe, dans ces moments-là ?

Malgré lui, Daniel avait haussé le ton, une fois de plus.

— Oui, Daniel ! Tu me tapes dessus ! J'aime pas quand tu me tapes dessus, Daniel. Et me crie pas dessus !

Luke couinait, la tête baissée et les mains sur les oreilles.

Angoissé ou dans un état proche de l'être, il commençait déjà à se balancer d'arrière en avant. Ce geste distinctif annonçait un blocage et des pleurs sans fin.

Jenkins le connaissait fort bien. Pour le désamorcer, il n'entrevoyait pas d'autre solution que celle de sortir. Il y a des hommes qui ont un penchant pour l'alcool, d'autres pour la violence ou bien la jalousie. Luke Evans ne présentait rien de tout ça. Sa faiblesse apparente, c'était cette tendance régulière à la nostalgie, comme un enfant qu'on aurait réprimandé. Cette force de la nature pleurnichait pour un oui ou pour un non. Il ne se rendait jamais compte de l'énergie qu'on puisait, pour le supporter.

Au-dehors, Jenkins reçut, à coup sûr, une gifle bien chaude, en pleine tête. Parce qu'il n'arrivait pas à s'acclimater, il n'acceptait plus cette chaleur.
— Ha ! Je déteste ce Colorado ! Vociféra-t-il ; nerveusement.

Il ne devait pas se voiler la face. Par rapport à ses attentes, peu d'aspects lui convenaient. Contrairement à ce qu'on pourrait penser, ce n'était pas cet environnement et la beauté de ces Rocheuses qui lui donnaient du baume au cœur. Loin de passer pour un romantique, le seul élément qui l'importait, c'était l'argent. Toutefois, cette fois-ci, Jenkins avait opté pour une fourberie probablement trop aventureuse. Luke était le complice, avéré au-dessus de tout soupçon dont on confia un rôle sur mesure. Tout reposait sur lui. Daniel, chaque jour, prenait conscience qu'il jouait avec le diable et un rien suffisait pour que tout s'écroule et qu'ils finissent derrière les barreaux. Pourtant, le soir, à la tombée de la nuit, il se faisait un malin plaisir à sourire, en voyant ces liasses de billets récupérées de ces familles en détresse. Ces deux hommes ne possédaient pas les mêmes aspirations. Celles de Jenkins se révélaient évidentes et celles de Luke restaient un mystère entier. Il aimait rire avec les enfants, s'amuser à des jeux. Il se sentait heureux dans ces instants-là, car apprécié. Docile et obéissant, il vouait une confiance absolue envers son compagnon de route. Parce que candide, il ne se rendait pas toujours compte du danger qu'il risquait, dans les péripéties réalisées. En conséquence, Jenkins devait s'armer de patience pour conjuguer avec ce pseudo-enfant. C'est seulement après avoir retrouvé la maîtrise de soi, qu'il rentra dans le baraquement.

Luke ne pleurait plus. Préoccupé par sa mission à découper des lettres dans les journaux, puis à opérer le collage, il se sentait à nouveau utile. Ses petits yeux rieurs, sa bouche grande ouverte, avec la langue qui passait sur les dents, c'étaient des symptômes qui ne trompaient pas. Il était content. Jenkins, le regard rivé sur les gros doigts de son complice, soupirait nerveusement. Ce travail délicat exigeait apparemment beaucoup de concentration. Une fois encore, il devait se dominer, pour éviter de s'emporter.

— Regarde ce que tu fais ! Tu mets de la colle partout. Essaie de coller droit aussi ! Tu ne sais pas lire, je suis au courant ! Mais, ce n'est pas une raison pour faire n'importe quoi. Expliqua Daniel ; les mains sur les hanches.

— Oui, Daniel ! Je fais de mon mieux. Dit-il ; d'une petite voix.

Luke avait insisté, pour confectionner les lettres anonymes. Il prétextait ressentir du plaisir à jouer avec les caractères, que c'était similaire aux pièces d'un puzzle.

Maintes et maintes fois, Daniel s'interrogeait sur les raisons qui l'avaient poussé à le protéger, sous son aile, à s'en occuper et plus encore, à l'embarquer dans ce genre d'histoire.

— Ce n'est pas facile. Le sais-tu ? Je me demande si j'ai bien fait de te donner ce travail.

— Tu m'as promis, Daniel. Tu m'as dit que j'avais le droit.

Jenkins n'insista pas. La situation s'avérait compliquée et imposait la réflexion. Son stratagème, astucieux selon lui, assurait la fortune. En revanche, l'idée de le réaliser en compagnie de cette personne handicapée ne lui plaisait guère. En effet, Luke devait respecter les instructions, parfaitement, car hors de question de faire du mal aux enfants. Jenkins n'était pas un monstre. Tout ce qu'il voulait, c'était provoquer la peur, pour que les parents se soumettent au chantage. En théorie, c'était simple. Mais avec Luke, dans le rôle principal, c'était l'angoisse, assurée. Évidemment, les parents ressentaient un effroi différent. Jenkins avait la crainte qu'on commette une erreur et qu'un enfant subisse des conséquences dramatiques. On pouvait légitimement se poser la question sur les raisons qui avaient poussé ces deux hommes, l'un vers l'autre. Au fond de lui, Jenkins connaissait la réponse.

Tout d'abord, il fallait retourner dans l'état du Wyoming, un soir d'été, plus précisément dans un parking souterrain. Daniel Jenkins avait pour habitude de travailler seul. C'était peut-être exagéré d'employer ce terme, mais réussir à voler une automobile, en toute discrétion, tout le monde n'avait pas cette faculté. Les belles voitures représentaient son péché mignon. De ce fait, il se glissait plus facilement sous le tableau de bord pour étudier le câblage électrique, afin de démarrer le véhicule. Il mettait à pied d'œuvre tout son art, dans un superbe pick-up. Toutefois, ce soir-là, des individus criaient au fond du parking et cela attira son attention. À regret, il s'extirpa pour mieux analyser ce qui se tramait. Le groupe se rapprochait de lui. Un homme de forte constitution subissait des brimades. Au travers du pare-brise, il distinguait même, par moments, quelques gestes brutaux. Certes, ils étaient nombreux, mais la victime semblait ne solliciter aucune protestation. C'était étrange comme réaction, ce n'était pas normal. Il descendit, sans bruit, la vitre, pour mieux entendre.

— Je t'ai dit de faire la poule. Qu'est-ce que tu attends ? hurlait l'individu.
Il détenait comme signes typiques, celui d'être chauve et tatoué sur tout le corps.

— Oui ! Fais la poule ! s'exclamait un autre.

L'ambiance rappelait celle que l'on trouve dans les soirées trop alcoolisées. Les ricanements, malsains, avaient pour unique but de rabaisser cet individu. Daniel Jenkins connaissait trop bien l'issue de cette forme de jeu sadique. Il redoutait déjà que leur proie soit rouée de coups et finisse, tristement, dans une tenue d'Adam. Des actes, de ce genre, généraient assurément un traumatisme. Dans le cas précis, il s'agissait d'un attardé mental. Les retombées sur le plan psychique engendreraient des dégâts irréversibles. Pour cette raison, il se devait d'intervenir, de sauver ce pauvre bougre. Aussi, il rassembla tout son courage et camoufla une clé plate sous sa veste, pour espérer faire croire au port d'une arme à feu. Il ouvrit la portière et descendit du véhicule. Quatre individus se tenaient debout devant leur victime, prosternée. Un autre, à quelques pas de lui, ne l'avait pas encore remarqué. Jenkins comptait bien jouer sur l'effet de surprise, pour les mettre en déroute. Cependant, il savait, fort bien, que l'alcool pouvait déjouer son subterfuge, improvisé. Il craignait des réactions inattendues. À la vitesse de l'éclair, il sortit de l'ombre et s'appliqua à coller son arme factice, dans le dos de l'homme.

— Si tu fais le moindre mouvement, je vide mon chargeur. Murmura-t-il.
Il l'invita à avancer, les mains en l'air. Puis, Jenkins interpella les autres.

— Écoutez-moi ! J'ai une arme braquée sur votre copain. Je n'hésiterai pas à m'en servir si vous faites les imbéciles.

Il espérait que son plan fonctionne et qu'ils prennent la fuite. Pour cela, il s'efforça de cacher tout signe de crispation et de peur. Les hommes le dévisagèrent tour à tour, pour découvrir celui qui venait s'immiscer dans leurs jeux cruels.

— Qui es-tu, toi ? interrogea le chauve.
Le groupe s'était tourné vers ce perturbateur. Jenkins, de petite taille, en partie dissimulé derrière son otage, entrevoyait celui pour lequel il prenait tous ces risques.

— Hé ! Toi ! L'homme au seul. Ça va ?

Luke Evans se remettait difficilement de ces sévices physiques, qu'il subissait depuis plus d'une heure. En dépit de ses douleurs, il se releva. On n'a pas jugé utile de vous révéler en détail les atrocités dont il avait souffert. D'une démarche non assurée, presque titubant, il s'efforça de rejoindre ce sauveur providentiel. Finalement, tout transpirant, il remercia, à sa façon, les bras grands ouverts, son bienfaiteur.

— Oui ! Ça, va ! répondit-il.

Puis, aussi soudain qu'étrange, d'un revers de bras, il écarta sans ménagement le cinquième homme. Il voulait, simplement, remercier celui qui le sortait de ce mauvais pas, du choc enduré. Malgré tout, ce ne fut pas une bonne idée. En effet, Evans ne se rendait pas compte de sa force et lorsqu'il enserra Jenkins, il fut sur le point de lui casser le poignet. En conséquence, à leurs détriments, Jenkins lâcha la clé plate qui retentit, bruyamment.

On prévoyait sans difficulté la suite. Une fois la supercherie mise à jour, Jenkins se retrouvait sans défense. Le chauve, sans attendre longtemps, lui assena deux coups de poings dans le ventre, un moyen brutal de le punir de cette intervention. La situation devenait odieuse. Daniel Jenkins, au sol, allait subir un sort identique à celui d'Evans.

— Tu vois, ce que ça donne, de jouer les héros ! Abruti ! Affirma le chauve ; avec un air ironique.

Jenkins s'imaginait déjà mourir. Il avouait détenir nettement moins d'endurance qu'Evans, pour supporter la souffrance. Aussi incroyable que cela puisse paraître, une situation impensable allait se produire. Evans scrutait, de ses yeux ronds, cette nouvelle proie. Conscient de cette injustice et hurlant au fond de lui-même toute la rancœur qu'il éprouvait pour ces individus, il se révolta. Il contracta tous ses muscles, serra ses deux poings et émit un cri de rage, comme un ours qu'on réveillerait de son hibernation. De façon incroyable, sa physionomie se transformait. Son visage blême traduisait toute la haine qui surgissait de son être. Dans de telles circonstances, n'importe quel homme sensé aurait pris la fuite, mais Evans, différent, guidait principalement ses actes par ses émotions. C'est ainsi qu'il s'approcha du tatoué et l'envoya valdinguer contre un véhicule, à l'image d'un insecte posé sur la main, qu'on chasse d'un souffle.

— Qu'est-ce que tu fais ? Toi ! Intervint un autre ; lui prenant le bras.

Evans regardait avec des yeux vides de compassion. De sa main droite, lentement, il se libéra de son agresseur. Puis, sans aucun état d'âme, il lui démit l'épaule et le poussa d'une force sans limites. L'individu fut projeté au sol et finit sa course effrénée contre un mur, si bien que la collision l'assomma. Tout se passa très vite et la panique s'empara des assaillants. Affronter Evans, c'était se battre avec un être hors de lui, tel un ouragan. Assurément, ils ne pouvaient opposer une résistance suffisante. La fuite devenait évidente et salvatrice.

C'est par le biais de cette triste histoire que commença une amitié, toute particulière, entre ces deux hommes. Jenkins avait failli passer, littéralement à tabac, au point d'envisager le pire. En conséquence, depuis ce jour, il s'était toujours senti redevable. Dans un sentiment qui allie sympathie et pitié, il avait engagé sa parole à prendre soin de lui. Malgré cela, quand son esprit était contrarié, il remettait en cause cette promesse. Faible moralement et souvent angoissé, Luke avait la crainte qu'elle explose en morceau et qu'il se retrouve à nouveau seul.

— Dit ! Daniel ! J'ai fini ! s'enthousiasma Luke, en tendant de ses mains la lettre achevée.

Pour lui, réussir une mission, c'était un exploit. De ce fait, naturellement, il avait besoin d'être encouragé. Notamment, c'était une nécessité de rassurer, en permanence, son mental. Toute personne qui avait ce genre de faiblesse psychique ressentait ce besoin. Jenkins avait compris cela, depuis bien longtemps, et s'efforçait à l'indulgence, sur ce point.
— C'est bien, Luke ! Tu as fait du bon travail ! Je suis fier de toi !
Il regardait une petite fille, au doux prénom d'Emmy, qui dormait, paisiblement, sur un lit. Les facultés intellectuelles de Luke ne permettaient pas de distinguer l'hypocrisie, éventuelle, de son guide. Il prenait tout au premier degré.

Soudain, contre toute attente, des craquements et des interférences retentirent du talkie-walkie. Posé, à l'entrée, sur une table, l'appareil devait servir, uniquement, en cas d'urgence. Une voix grave se fit entendre. Une sorte d'inquiétude s'afficha sur le visage des deux hommes.

— Allo ! C'est Moreno ! Répondez !

Cette interjection interloquait Jenkins. Pour quelles raisons, le médecin désirait-il leur parler ? Entre eux, ils avaient convenu de ne jamais rentrer en contact, pour ne pas éveiller les soupçons. À ses yeux, venir jusqu'à eux, dans leur repère, avec tous les risques que cela comporte, c'était de mauvais augure.

— Allo ! M'entendez-vous ? C'est Moreno.

— Surveille la petite. Donne-lui un bol de chocolat, si elle se réveille. Demanda Jenkins, accompagné d'appréhension.

Puis, il maintint le poussoir du talkie-walkie.

— Oui ! Ici, Jenkins. J'écoute !

Dans l'autre appareil, la voix haletante évoquait celle d'une personne qui aurait couru. Atteindre l'émetteur, c'était réaliser un parcours périlleux, dans cette montagne. Au volant de sa voiture, le conducteur ne devait plus respirer, afin d'éviter le bord du précipice. On garantissait les frissons, surtout pour celui qui a le vertige. Une sensation de paraître minuscule s'ajoutait devant cette nature immense. Puis, il devait se séparer de son véhicule et poursuivre une randonnée pédestre d'un bon kilomètre. Heureusement, s'immiscer au cœur de ces canyons étroits, aux parois effrayantes, c'était disposer d'une fraîcheur bienfaitrice. C'est à la fin de cette expédition que Moreno pouvait, enfin, accéder à cette ville abandonnée.

— Je viens vous avertir que le shérif Barrett mène une enquête dans l'hôpital. Il me soupçonne.

L'intonation de sa voix trahissait son anxiété. De plus, il montrait un état fébrile. Ce message apparaissait davantage comme un appel au secours, qu'une simple alerte. Jenkins n'éprouvait aucune empathie.

— Et alors ? Chacun sait que Barrett suspecte tout le monde. Et procéder à une enquête dans l'hôpital semble logique et non surprenant. Les gosses tombent malades, il fait son boulot. Explique-moi le motif de ta visite.

Dans ce coin perdu du Colorado, on sentait la tension électrique entre ces deux protagonistes. Jenkins, nerveux, désapprouvait de façon catégorique sa venue.

— Je ne peux pas travailler la conscience tranquille, avec Barrett, sur le dos. Je risque de créer des erreurs. L'omniprésence de ce danger me hante ! Pensez aux enfants !

Moreno parlait fort, non pas qu'il craignait ne pas être entendu, mais dans l'espoir de toucher la sensibilité de Jenkins.

— Écoute ! Je ne conçois pas que tu as parcouru toute cette route pour me parler de Barrett. Quel vrai souci te tracasse ?

Un silence inquiétant inonda, pendant la minute qui suivit, le canyon. Moreno occupait une position délicate. Il ne connaissait pas suffisamment Jenkins et Evans et encore moins leurs réactions, si ça tournait au vinaigre. Les brigands retenaient prisonnières sa femme Gloria et sa fille.

— Le problème ! Je vais vous l'expliquer. Cooper, la directrice, a fait appel à un spécialiste renommé, Katerman. Il aura vite fait de découvrir la vérité. Ce n'est pas ma place de médecin, qui m'inquiète le plus ; mais que vous n'ayez plus aucune maîtrise !

— Qu'est-ce que tu racontes, là ? Ce Katerman n'est pas un danger, pour autant.

— Vous ne saisissez pas ! Katerman va comprendre que les enfants sont empoisonnés, c'est sûr ! De ce fait, il va me suspecter.

— Et alors ? Ce n'est pas mon problème, Moreno ! Tout ce qui m'intéresse c'est que tu continues à nous fournir le poison.

Moreno savait par avance que la demande qu'il allait émettre apparaîtrait illusoire. Cependant, son bon sens lui commandait de se manifester.

— Écoutez-moi ! Les circonstances actuelles imposent d'arrêter tout ça ! La population commence à paniquer. Je détiens des économies, si vous voulez, je vous remets une belle somme et l'on en reste là !

— Cent mille dollars ! prononça, à la cantonade, Evans.

Jenkins, de ses gros yeux, exprima envers Luke, sa volonté de ne pas intervenir.

— Non ! C'est toi qui vas nous écouter ! Retiens que si l'on remonte jusqu'à nous, je ne donne pas cher de ta petite famille. Mets-toi bien ça dans ta tête !

Le ton employé s'adaptait aux circonstances. Jenkins avait un don adéquat pour stimuler l'angoisse et pousser autrui à se soumettre. Sur cette réplique, Moreno ressortait encore plus inquiet. Il constatait de lui-même que ses ravisseurs déployaient peu d'intelligence. Il devait craindre deux déroulements, à la fois : une population en panique et deux imbéciles qui s'en prennent à sa famille. Pour autant, il devait se plier, il n'avait pas le choix, même si en plein jour, la vérité éclate et qu'ils se sentent perdus. Aussi, il sortit de sa poche, une petite boîte.

— D'accord ! Mais avant, je voudrais parler à ma femme et ma fille.

Là, à nouveau, un silence occupa la ligne, Jenkins réfléchissait, en se rongeant les ongles.

— Luke ! Va voir si la femme dort.

Tel un soumis, il se leva, ouvrit une porte et observa.

— Je vois pas grand-chose, Daniel ! Il fait noir. Je pense qu'elle dort.

— Allo ! Moreno ?

— Oui !

— Ta femme et ta fille dorment encore. Tu leur parleras une autre fois. Je t'ai écouté et l'on va agir en conséquence. Maintenant, tu dois retourner à ton travail !

Moreno, à court d'arguments, n'insista pas.

— J'ai apporté une boîte. À l'intérieur, il y a...

Jenkins, pour chaque information promulguée par le médecin, acquiesçait d'un signe de la tête. Luke, d'une grande sensibilité, s'efforçait du mieux qu'il pouvait à ranger ses affaires sans bruit. La conversation terminée, Moreno reposa l'appareil et reprit le chemin du retour.

Jenkins devait avertir Luke, d'une nouvelle. Par contre, il pressentait les réactions exagérées de son acolyte. Aussi, presque à regret, il se lança.

— Normalement, demain, on t'invite à une fête d'anniversaire.

À cette annonce, Luke se dandina d'un pied sur l'autre dans toute la pièce et tapait dans les mains. Il déclarait sa jubilation. Toutefois, ce n'était pas en la personne de Jenkins qu'il trouvait, là, un esprit complice.

— Arrête de gesticuler comme une majorette ! Cesse ce vacarme sinon tu vas réveiller la gamine.

— Luke va faire plaisir aux enfants ! Se répétait-il, tel un perroquet, tombé de son perchoir.

— Je t'ai dit d'arrêter ! Regarde ! Elle est réveillée, maintenant. C'est malin !

Luke exprimait un visage tout ensoleillé. L'idée d'entrer en contact avec les enfants le rendait fou de joie. Jenkins se grattait le cuir chevelu, de nervosité. Les révélations de Moreno ne le rassuraient pas. Ce Katerman risquait de compliquer leur plan. Tout en réfléchissant, Luke s'était rassis et continuait son disque, à voix basse. La tête baissée, il observait le sol, sans raison apparente. Puis, soudain, il s'adressa à Daniel.

— C'est quoi le problème, Daniel ? C'est Moreno ? Tu veux que je lui casse le crâne, comme l'autre fois ? Demanda-t-il ; en serrant les poings.

— Non ! La complication, c'est ce Katerman. Ne t'inquiète pas ! C'est moi qui vais m'occuper de son cas.

Jenkins ouvrit un tiroir et en extrait un colt. Il le mit ensuite dans la poche intérieure de sa veste.

Contre toute attente, Emmy se prononça.

— Luke ! Tu vas faire plaisir aux enfants !
— Oui ! Luke va faire plaisir aux enfants ! Lui répondit-il ; avec un large sourire.

Puis, il se leva, à nouveau, pour recommencer sa curieuse danse. Amusée, Emmy le suivit dans son délire. Elle dansait, dans ses pas, tapait dans les mains et chantait :
— Luke va faire plaisir aux enfants !
Les gens formuleront que c'est le syndrome de Stockholm, quoiqu'il en soit, la scène devenait grotesque. Tout en les regardant, Jenkins avait plongé une main dans une sacoche de billets.

— Oui ! Luke ! Tu vas faire plaisir aux enfants ! Dit-il, à son tour, en caressant les liasses ; accompagné d'un rire démoniaque.

La ville fantôme !

5

— Problèmes de cœur —

San Marina obtint, depuis peu, le statut de ville la plus médiatisée, de l'Ouest américain. En effet, un éminent chirurgien occupait ses journées et ses nuits dans un hôpital, à mettre au point un remède efficace, pour vaincre une étrange maladie. La panique s'immisçait dans les esprits et agissait tel un compte à rebours, au-dessus de sa tête. Par conséquent, l'ensemble du personnel l'accompagnait dans ses recherches et notamment, le médecin principal Terry Moreno. L'urgence, c'était de rassurer les familles.

Dans ces circonstances, même si le praticien renvoyait l'image d'un homme comparable à ses semblables, il détenait une force mentale supérieure à monsieur tout le monde. Néanmoins, il devait conserver intacte toute sa concentration. L'œil avisé de la directrice, de la population et celui du shérif imposaient cela. Pour éviter les erreurs, dues à la fatigue ou la pression, il s'efforçait de prendre une journée de repos. Planning, contraintes disparaissaient et laissaient place à une bouffée d'oxygène. San Marina apportait par le biais de ses activités et de ses loisirs un moyen assuré de reconquérir l'énergie perdue. Pour ces raisons, il choisit de façon délibérée d'entreprendre une promenade sur le fleuve, accompagné de son fidèle chien Moky. Longer le Colorado, c'était se changer les idées et observer des roches qui dataient au-delà d'un milliard d'années. Un dépaysement garanti. De surcroît, au niveau de ses recherches, il désirait se confier, à une personne, en particulier. Il devait révéler des aspects positifs et négatifs. Aussi, il pensa, à juste titre, qu'un cadre magnifique faciliterait l'acceptation de nouvelles désagréables.

— C'est amusant, Alan, d'avoir choisi un radeau pour cette promenade ! S'exclama Riley Cooper ; avec un beau sourire.
— Oui ! J'ai trouvé l'idée originale ! Et tu remarqueras que je me débrouille bien ! Dit-il ; avec un grand rire.
— Et ça fait le bonheur de Moky.

— Oui ! Je constate que ton chien manifeste sa joie. Ça fait plaisir à voir. N'a-t-il pas peur de l'eau ?

— Je t'avouerai que rien ne l'effraie, il m'impressionne, chaque jour.

Un mois s'était écoulé, depuis son arrivée dans la région. C'était le moment, propice, pour apporter un bilan précis, auprès de la directrice, sur la santé des enfants. Par contre, il avait également des révélations, plus délicates, à lui annoncer. Il espérait trouver une aide précieuse, en sa personne. Aux commandes de son embarcation, il avançait lentement sur le fleuve, entre ces canyons, de peur de profaner un sanctuaire. Riley le remarqua et souriait doucement. Certes, la tribu indienne « Hualapai » s'avérait responsable de ce fleuve. Cette épine dorsale, comme elle le surnommait, devait rester propre et respectée.

— De quoi as-tu peur, Alan ? De l'œil inquisiteur des Indiens ! Ha ! Ha ! Ha ! Ne pense à rien et profite de ce lieu magique.

S'engouffrer dans les gorges du grand canyon offrait un spectacle saisissant.

— Oui ! Tu as raison ! En plus, cette navigation sur plusieurs kilomètres d'eaux calmes, c'est tout à fait reposant.

— Autrefois, le Colorado était un fleuve fougueux et rougeâtre. Après l'installation du barrage, les eaux sont devenues paisibles, aux couleurs turquoise.

Katerman, en raison de sa nature scientifique, ne put éviter de compléter :

— C'est la concentration de carbonate de calcium qui crée cette jolie couleur.

— Calcium ou pas, fais-moi plaisir ! Dirige-toi vers cette grotte, je voudrais te dévoiler quelque chose.

Riley pensa que cette invitation cachait des sous-entendus. Selon elle, il employait un moyen détourné, sous la forme d'une démarche raffinée et fort agréable, pour montrer des sentiments amoureux. Par moments, elle s'amusait à dévisager ce curieux capitaine et analysait ses réactions. Toutefois, Katerman comprit son petit jeu de séduction et resta dubitatif. Parce qu'il n'y voyait rien de malsain, il préféra la laisser faire.

— Tu ne remarques rien, Alan !

— Non ! Devrai-je ? Répondit-il ; l'air surpris.

— Dans cette grotte, la température a terriblement chuté. Il ferait presque froid.

— Ha ! Oui ! Tu as bien raison. Hormis ce puits de lumière, ça serait le noir total.

— Tu vois, Alan ! Bien que tu sois un spécialiste, en médecine, je vais te révéler un secret.

Soudain, il devint impatient de connaître la suite.

— Je t'écoute, Riley ! Dis-moi tout.

— C'est à propos de cette grotte.

Il perdit son sourire, car il avait cru à des confidences sur son établissement.

— Sache, Alan, que nous occupons précisément l'endroit où les amoureux se donnent rendez-vous, à l'abri des regards. N'est-ce pas romantique ?

Riley profita de cette pénombre pour se rapprocher et lui saisir doucement les mains. Parce qu'il ne désirait pas la vexer, il consentit à fermer les yeux sur ces petits dérapages. Son soutien, dans cette affaire d'enfants malades, s'avérait être une arme redoutable.

— Heu ! C'est possible ! Après tout, chacun à ses secrets. Dit-il, en affichant un sourire complaisant.

— Tu vois ce puits de lumière, Alan, en forme de serpentin. Si tu observes bien, il imite la forme du Colorado, notre fleuve. Étrange ! Non ?

Alan regardait attentivement et cherchait dans tous les sens, à confirmer ces propos. En vain, il fit la moue.

— Mais, non ! Je plaisante ! Avoue que je t'ai bien eu ?

À la suite de cette petite boutade, elle apposa ses lèvres sur les siennes. Le geste, tout en douceur, telle une ballerine qui effleure du bout du pied le sol affichait clairement ses intentions. Alan comprit qu'elle espérait trouver celui qui la ferait sortir de son quotidien, parfois maussade. Cependant sensible à cette femme, il désira revenir vers une relation plus professionnelle.

— Je souhaitais, Riley, profiter de cette promenade pour te partager l'avancée de mes recherches.

Consciente de son comportement inadéquat, la confusion se lisait sur son visage et honteuse, préféra garder la tête baissée.

— Pas de souci, Riley. Je dois avoir l'esprit libre et serein pour entamer une liaison. Actuellement, cette histoire d'enfants malades accapare tout mon cerveau. Donna-t-il ; en guise d'excuse.

— Tu as entièrement raison. J'ai agi comme une idiote ! Je me déçois de l'image déplorable, de ma personne, que je te renvoie.

— Mais que vas-tu inventer là ? Tu es une femme merveilleuse et ton attitude paraît naturelle. Sois rassurée ! Simplement, le moment n'est pas approprié, voilà tout.

— N'en parlons plus !

Riley avait perdu son sourire et le ton employé signifiait la limite de l'agacement. Alan sortit lentement de la grotte. La lumière intense du soleil incita à fermer les yeux. De ce fait, le silence s'installa pendant plusieurs minutes. C'était une façon de clore ce petit chapitre sentimental, entre ces deux cœurs inquiets.

Alan admirait l'immensité de ces roches. De surcroît, tout au long de ce parcours, il avait un penchant pour les lieux de randonnées, cette faune locale et les criques cachées. Tout encourageait à s'arrêter au bord de la rivière pour explorer les plages idylliques. En revanche, fatalement, les sordides révélations remontèrent à la surface. Alan n'osait plus regarder Riley, toutefois, il employa une intonation la moins dramatique possible.

— Riley ! Je dois te déclarer que les enfants de San Marina subissent un empoisonnement.

Dans la tête de la directrice, ce fut l'effet d'une bombe. Sidérée, elle s'assit sur-le-champ.

— Tu m'excuseras Alan ! J'ai du mal à te croire.

— Pourtant, c'est la triste vérité. Je n'ai aucun doute sur ce point.

Elle essaya de surmonter cette douleur et de reprendre une posture, conforme à son statut.

— Bien ! As-tu, toutefois, de bonnes nouvelles à m'annoncer ?

— Heu ! Oui et non ! Se risqua-t-il de dire.

— Que veux-tu dire ? Explique-toi.

Différentes émotions, qui combinaient, inquiétude et nervosité la taraudaient.

— La bonne nouvelle ! J'ai réussi à fabriquer un remède pour soigner les enfants.

— C'est une excellente nouvelle ! s'exclama-t-elle, en se relevant.

Toute réjouissante, elle lui tenait les bras, fermement.

— Mais, je ne vois pas en quoi c'est une mauvaise nouvelle. S'interrogea-t-elle ; songeuse.

Puis, elle ajouta :

— Au contraire, c'est la fin de toute cette horreur. Tu vas pouvoir repartir. Je vais annoncer cela dans les journaux et la quiétude va revenir, enfin, dans San Marina.

— Certes, mais je dois t'expliquer plus en détail, afin que tu perçoives les subtilités de cette histoire.

— Je t'écoute, Alan ! Dis-moi tout.

— J'ai identifié dans l'organisme des petits, de la digitoxine. C'est une molécule capable de créer des problèmes cardiaques. Normalement, elle est employée dans la fabrication de médicaments liés aux traitements du cœur. Par contre, ça peut s'avérer dangereux, voire mortel si les dosages sont erronés. Par miracle, à ce jour, les enfants ne présentent pas de pronostic vital engagé.

— Comme c'est angoissant ce que tu me dis là. Quel bonheur de t'avoir choisi, tu as solutionné le problème.

— Je constate que tu ne perçois pas tous les sous-entendus.

— Qu'essaies-tu de m'expliquer, là, Alan ?

— Je me trompe peut-être, à propos de la réalisation de ce poison. Je reste convaincu que le criminel doit recourir à de solides connaissances en médecine. Tout le monde ne possède pas cette faculté. Comme je l'ai indiqué, une erreur peut s'avérer fatale.

— En admettant que tu aies raison, quel est le souci ? Dès à présent, les chérubins peuvent bénéficier de ton antidote, non ?

— Je vois, de nouveau, que tu sous-estimes la gravité de la situation. Dit-il, avec un sourire moqueur.

— L'auteur, de ces complications est capable de tout et créer, s'il le souhaite, un autre poison. Néanmoins, un aspect m'échappe. Si le coupable est un médecin, que recherche-t-il ? L'argent ? Ça n'a pas de sens.

— Oui ! Je comprends mieux ta réflexion. Que vas-tu entreprendre, alors ?

— Je vais devoir poursuivre mon enquête, dans l'hôpital, car une question me préoccupe énormément. Moreno détient toutes les compétences pour dépister la digitoxine. Pourquoi n'a-t-il rien dit ?

À cette annonce, Riley Cooper resta sans voix.

Alan rejoignit la berge et amarra, solidement, le radeau. Riley était en partie satisfaite de cette sortie. Elle avait espéré des désirs communs avec Alan. Seuls, ces lieux magnifiques seront conservés dans leur mémoire et serviront de consolation. Moky, après avoir pataugé, au bord, se secoua vivement.

— Riley, je voudrais te demander une faveur.

— De quoi s'agit-il ?

— Je souhaiterais que tu épies, de près, Moreno. Il doit se méfier de moi. Je suis persuadé qu'il occupe un rôle dans cette affaire d'empoisonnement.

— Je suis désolé, Alan, mais c'est impossible !

— Mais pourquoi ? J'ai besoin de toi, Riley.

Katerman était stupéfait de cette réaction.

— Je comprends bien. J'entreprendrai n'importe quoi pour ces enfants. Mais, ce que tu me demandes, c'est au-dessus de mes forces. Je travaille avec Terry depuis des années. Je le connais. Tu te trompes, je ne peux imaginer le savoir concerné dans cette affaire.

— Bon ! Je me passerai de toi, alors ! déclara-t-il, déçu.

Riley, à ses yeux, lui cachait, assurément, des informations secrètes. Pour ne pas conclure de façon fantaisiste, il opta à s'appuyer sur les faits et enquêter, de lui-même. Cependant, avant de partir, il exigea une dernière requête :

— Je te prierai, Riley, de garder pour toi notre conversation. Pas un mot, à personne. J'ai besoin d'y voir plus clair, je te remercie. Toute la ville reflète une sensibilité à fleur de peau et de ce fait, le premier suspect venu ferait office de bouc émissaire.

Sans perdre de temps, Alan monta dans le pick-up et démarra. Moky grimpa à l'arrière. Riley Cooper l'observait s'éloigner, tel un prétendant qui une fois de plus lui échappait. Malgré tout, elle sortit de sa poche une petite carte, qu'elle déchira avec un plaisir non dissimulé.

De retour à l'hôpital, les regards tournés vers Katerman annonçaient une ambiance étrange, un danger imminent. Le personnel pouvait-il de prédire le futur ? Lui-même redoutait la confrontation, à venir. Il se dirigea vers l'accueil principal. Lillian occupait le poste.

— Bonjour Alan ! Je te croyais de repos !

— Heu ! Oui ! Mais je désirais voir Terry. Sais-tu où je peux le trouver ?

— Dans son bureau, je présume ! Veux-tu que je l'appelle ?

— Non ! Non ! Lillian ! Inutile ! Répondit-il ; en pressant le pas.

Traverser le long couloir lui parut interminable. Plongé dans ses pensées, il réfléchissait aux questions à poser. Tel un aveugle, il n'avait pas pris la peine de réagir aux salutations de ceux qui le croisaient. Le temps ne jouait pas en sa faveur. Le contexte imposait des éclaircissements ; surtout stopper ces souffrances. Dans une attitude qui exprimait beaucoup de détermination, il frappa au bureau de Moreno et entra.

Terry Moreno contemplait au-dehors, au travers de la baie vitrée. C'était, probablement, sa façon de s'évader, tout en restant à l'intérieur, ou bien un moment de méditation. La pièce dotée d'un large bureau disposait d'un grand espace. Hormis un cadre photo, quelques documents et un calendrier, il ne laissait rien traîner. Le silence envahissait les lieux et contrastait avec l'esprit fulminant de Katerman.

— Moreno ! s'écria-t-il.
— Je vous écoute, Katerman.
Il restait figé à la fenêtre.
— Vous savez aussi bien que moi la raison pour laquelle je viens vous voir.
Katerman parlait fort, volontairement.
— Vous avez trouvé un remède. Je vous félicite Katerman ! Que voulez-vous, tout le monde ne possède pas votre talent. Dit-il, en admirant le paysage.
— Me prendre pour un héros et plus encore penser que je cherche à vous nuire, vous vous trompez, Moreno ! Madame Riley Cooper m'a signalé que vous étiez opposé à ma venue. Je crois connaître l'origine de cette réaction.
— Ha ! Et pour quel motif, je n'ai pas souhaité vous voir ? Dit-il ; en lui faisant face.
— Ne faites pas l'innocent. C'est à propos de ces empoisonnements.

Katerman arpentait, de long en large, le bureau.

— Qu'est-ce que vous êtes en train d'insinuer, là, Katerman ? Me jugez-vous coupable de maltraitance ?

Les paroles du médecin allaient crescendo. Dans le couloir, on commençait à entendre des bribes de cette conversation, houleuse par instant.

— Tout le prouve Moreno.

Katerman avait cessé sa marche.

— Premièrement, la digitoxine est une molécule facilement décelable, pour le brillant chimiste que vous êtes ! Deuxièmement, vous n'avez rien dit ! Votre silence vous porte, forcément, préjudice.

— Si vous avez effectué ce voyage pour en déduire ce genre de conclusion, vous pouvez repartir, Katerman.

Moreno, hors de lui, criait si fort que dans les couloirs, le personnel se regardait incrédule.

— Je suis, navré, Moreno, mais me hurler dessus n'est pas la meilleure défense. Aussi, je vais devoir alerter Barrett de vos agissements, cela pour le bien-être des enfants.

Alan Katerman se dirigea vers la porte et au moment de saisir la poignée, Moreno s'emporta :

— Mais ! Qu'allez-vous imaginer ? Que ça serait moi, qui administre le poison aux gamins ! Expliquez-moi comment je procède alors ! Je prends un enfant dans la rue, au hasard, et je le force à avaler la molécule ! Ridicule.

Puis, il ajouta, calmement :

— Attendez Katerman !

Ce dernier se retourna.

— Oui ?

— Approchez, j'ai à vous parler. Dit-il, à voix basse, en s'asseyant.

Katerman avait réussi à le faire plier. Il espérait, à présent, des aveux et des explications. Face à face, au bureau, ils se dévisagèrent.

— Vous êtes têtu, Katerman ! Je n'ai pas le choix de vous révéler les dessous de cette histoire.

Le poing serré, Katerman affichait un sourire de triomphe. Moreno réajusta ses lunettes d'acajou.

— Alan ! Je sais, sans le moindre doute, que les enfants subissent une intoxication à la digitoxine. J'en ai eu connaissance, depuis le début. Pour un motif personnel, je n'ai pas pu mettre Cooper dans la confidence. Aussi, elle s'est empressée de te solliciter. Je m'y suis opposé, en vain.

Ce genre de révélation sidérait Katerman. Toutefois, une question le hantait.

— Pourquoi ne pas avoir prévenu Barrett, alors ?

— Barrett m'a dans le collimateur, depuis un bon moment. Venir vers lui, c'est se jeter en prison. Aussi, quand tu es arrivé, il a changé de cible.

Moreno poursuivit.

— Je savais, pertinemment, que tu découvrirais les empoisonnements.

— Certes, mais pourquoi n'avoir rien dit ? Qu'est-ce qui justifie de laisser ces enfants souffrir ?

— Connaître le responsable ! Voilà la réponse, Alan.

— Au point de risquer la vie des petits ?

— Et que fais-tu du serment d'Hippocrate ? s'écria-t-il, de nouveau.

— Tu crois qu'en tant que médecin, j'ai plaisir à supporter cela, paisiblement ? Cette histoire est plus compliquée qu'on s'imagine.

Moreno s'efforça de se radoucir.

— Je suis sur le point de découvrir l'auteur de ces poisons. Je suis le seul qui peut résoudre ce drame, qui touche ma ville. Pour cela, j'ai encore besoin de temps. Une semaine ! s'exclama-t-il, le regard fixe.

— Si je comprends bien, tu requiers ma confiance et que je ferme les yeux, pendant toute cette durée.

— Oui ! Exactement ! Ainsi, je te révélerai le vrai coupable.

Katerman se gratta le front. Il devait agir selon sa conscience. Moreno avait fait allusion à un serment qui rendait difficile toute prise de décisions. Après plusieurs minutes, il formula sa réponse.

— Bon ! J'ai réfléchi ! Je te laisse une semaine ; mais pas plus !

Le visage de Moreno semblait se décontracter, légèrement.

— Ensuite, sans coupable de ta part, je ferai intervenir Barrett. Je n'aurai pas d'autres choix.

— Merci, Alan ! Et maintenant, tu m'excuseras pour la façon dont je vais te parler, mais c'est nécessaire.

— Bien ! Pas de souci ! Je commence à cerner le rôle que tu veux jouer.

— Sortez d'ici, Katerman ! Hurla-t-il ; en tapant du poing.

— Ne vous avisez plus de me tenir responsable de la maladie de ces enfants ou bien, sinon, je vous casse la tête. S'écria-t-il ; une dernière fois.

Katerman quitta le bureau en montrant, exprès, un visage austère. Accepter cette mission n'était pas un effort pour lui. Sauver des vies apportait un leitmotiv hors norme, mais parfois cela engendrait des sacrifices. Telle que cette histoire d'empoisonnements, plutôt folle, où les médecins étaient soumis à un cruel dilemme. Ce n'était pas dans sa nature de rester inactif. Cependant, il avait donné sa confiance, non pas à Moreno, comme on pourrait le croire, mais à Riley Cooper, pour l'amitié qu'elle porte à ce médecin. Il traversait difficilement cette épreuve, car il ressentait un profond sentiment d'inutilité.

— Ça va, Alan ! Tu parais troublé ! s'interrogea Anthony, un confrère, dans le couloir.

— Heu ! Oui ! Ça va ! Je te remercie.

Un bol d'air frais s'avérait indispensable. Après tout, c'était sa journée de repos. Il se dirigea vers la sortie en s'efforçant d'afficher une mine joviale. Qui pouvait prétendre que d'autres surprises allaient se présenter ? La seconde se manifesta, proche de l'accueil.

— Alan ?

La voix qui l'interpellait ne correspondait pas à celle d'une inconnue, loin de là. Même de dos, l'intonation lui paraissait familière. La seule chose, impossible selon lui, était de justifier la présence de cette femme, qui devait normalement se situer à des milliers de kilomètres. À moins que ce soit une imitatrice ! Il se retourna pour confirmer cette vision impensable.

— Carol ? Est-ce bien toi ?
— Eh oui, Alan ! Surpris ?
— Ha ça ! Tu peux l'affirmer ! dit-il, avec un sourire jusqu'aux oreilles.

Hormis la relation sentimentale qui les avait unis ; Carol Smith représentait toujours une bouffée d'oxygène. Il la contempla de la tête aux pieds, afin de vérifier qu'il ne s'agissait pas d'un mirage.

— J'espère que me voir te fait plaisir ! Se lança-t-elle à demander.

— Là, ce n'est pas la question, Carol. Simplement, je ne m'explique pas ta présence, ici.

— Écoute, Alan ! C'est l'heure de la pause déjeuner. Que penses-tu de nous restaurer, chez Parsons ?

— Bonne idée ! J'ai un pick-up et Moky doit m'attendre.

Sans tarder, ils quittèrent l'hôpital et grimpèrent dans le véhicule. Pendant ce temps, Moreno regardait le portrait de sa femme et proclamait à voix haute :

— Tu vois, ma chérie ! J'ai réussi à berner ce Katerman. Maintenant, je dois, à tout prix, stopper tes ravisseurs.

D'un tiroir de son bureau, il en extrait une étrange petite boîte.

— Katerman !

Cette fois-ci, ce fut à contrecœur qu'il reconnut la voix et par exception, aurait même préféré ne pas l'entendre.

— Katerman ! Je vous parle !

— Je ne suis pas sourd, monsieur Barrett !

Dennis Barrett s'était approché de la passagère.

— Alors, Katerman ! Où en êtes-vous avec les gamins ? Savez-vous ce qu'ils ont ?

— C'est en cours, monsieur Barrett. On cherche.

— Ne me prenez pas pour un imbécile. Je n'ai pas l'humeur à la plaisanterie.

Carol Smith était choqué du comportement outrancier du shérif.

— Monsieur Barrett, rompre le secret professionnel est interdit.

Ce genre de détail eut le don d'énerver notre représentant de la loi.

— Ne commencez pas avec ça, Katerman ! s'écria-t-il.

— Je vous ai déjà prévenu. Si vous faites obstruction à l'enquête, je vais vous mettre au frais.

Sur ces paroles menaçantes, Carol Smith s'empressa d'intervenir.

— Vous faites erreur sur la personne. Je connais très bien Alan ! Vous devriez mener votre enquête dans la bonne direction. Ajoutez à cela, prenez un ton moins condescendant, avec les gens.

Faire front à Barrett était particulièrement audacieux. Cette surprenante riposte l'embarrassa et contre toute attente, il préféra ne pas donner suite.

— Bon, je vous laisse. Tâchez de réfléchir à vos actes, Katerman.

Barrett grimpa dans sa voiture et partit en trombe.

— Je ne comprends pas, Alan ! Comment peux-tu rester aussi respectueux et indulgent avec cet homme ?

— Je ne le suis pas, Carol. Tu ne perçois pas mon hypocrisie, simplement. Répondit-il ; en démarrant, à son tour.

Ce jeune couple n'avait pas remarqué un curieux clown qui les observait, à quelques pas de là. D'ailleurs, qui penserait qu'un artiste comique pourrait avoir de mauvaises intentions ? Ce personnage, dissimulé sous son maquillage, amusait de ses pitreries les enfants souffrants. Ce don, si particulier, permettait d'obtenir un quartier libre dans l'hôpital de la ville.

— Tu vois, Luke ! C'est lui, Katerman, le chirurgien !

Jenkins le désignait du doigt.

— Si c'est lui, le problème. Pourquoi, tu le tues pas ?

— Ça serait une erreur, Luke ! Moreno est actuellement considéré comme l'unique responsable, aussi pour qu'il le reste, on doit garder en vie Katerman.

— Je comprends pas, Daniel ! s'exclama Evans, en haussant les épaules.

— Normal ! Tu as le cerveau comme un citron. Précisa Jenkins, tout sourire.

— C'est amusant ce que tu dis. J'ai le cerveau comme un citron ! s'enthousiasma Luke, les bras au ciel, la bouche grande ouverte.

— On doit bouger ! Avec tes simagrées, tu pourrais nous faire repérer.

Tandis que le clown se dirigeait vers le hall d'entrée de l'hôpital, Jenkins décampa aussi vite que possible.

Arrivé dans le pub, Alan avait hâte de savoir ce qui expliquait la présence de sa tendre amie. Pour autant, il lui laissa le soin de choisir les verres. Sur ce point, il s'avouait novice.

— Ouah ! C'est fort ! Tu veux me saouler ! C'est ça !

— Mais non, Alan ! Tu n'as pas l'habitude, c'est tout.

— Par contre, c'est cruellement bon ! Qu'est-ce que c'est ?

— Je viens récemment de le découvrir. C'est le cocktail préféré du Colorado, appelé « boule de neige » : Limonade, liqueur avec un goût d'amande, un glaçon et une tranche de citron.

— Superbe boisson, vivifiante !

— Ça me fait plaisir que tu apprécies.

— Bon ! Explique-moi, maintenant, la raison pour laquelle, je te retrouve, ici, à San Marina.

— Je remplace une dénommée Kate. Elle est en congé maternité.

— Je comprends mieux, mais ça ne répond pas, pleinement, à la question. Tu as, tout de même, traversé le Nevada et l'Utah, pour venir jusqu'ici. Presque deux mille kilomètres. Pourquoi ?

L'interrogation dérangeait-elle la jeune femme ? Astuce féminine ou autre cause, elle resta sourde à ces propos.

— Je constate que Moky, à tes pieds, semble toujours aussi sage.

— Carol ! Ne détourne pas la conversation. Que cherches-tu ici ?

— Que sais-je, moi ? La médiatisation a propulsé cette affaire d'enfants malades jusqu'en Californie. Puis, j'ai pris connaissance de ton rôle, que tu étais concerné et j'ai jugé bon de venir te rejoindre. As-tu découvert des indices ?

Carol, souriante, le contemplait avec des yeux grands écarquillés et ne laissait aucun doute sur l'intérêt qu'elle lui portait.

— Je suis là, depuis peu. C'est une enquête compliquée.

Bien qu'il s'évertuât à lui raconter, en détail, ses recherches et ses problèmes, elle ne l'entendait déjà plus et suivait, du regard, les mouvements de ses lèvres. Les apparences montraient que la nature de ses sentiments, à l'égard de cet homme, restait intacte, depuis leur séparation.

— M'écoutes-tu, Carol ?

— Heu ! Oui ! Plus ou moins. Désolée, c'est probablement ce cocktail, qui me joue des tours.

— Ne compte pas sur moi pour t'immiscer dans cette affaire. Comme tu as pu le remarquer, le shérif de ce comté est bien différent de celui de Bluetown, en Californie.

— Oui ! Il me fait peur, d'ailleurs. Dit-elle, avec un visage empreint de dédain ; en s'imaginant face à lui.

— Rassure-toi, Barrett ne sait que proférer des menaces. Il ne connaît pas d'autres systèmes.

Alan avait choisi le classique hamburger et Carol, une simple salade. D'être en sa compagnie, lui avait donné faim, un grand appétit. Carol s'amusa de le voir, ainsi, dévorer son repas.

— Je distingue un sourire, Carol. Cependant, je reste convaincu que tu n'as pas entrepris tout ce chemin, uniquement, pour m'observer.

— Je croyais que tu avais deviné, par toi-même. Dit-elle ; en plissant les yeux.

Soudain, Katerman changea de physionomie. Il était effrayé à l'idée qu'elle s'était mise en tête de le rejoindre, pour poursuivre leur relation sentimentale.

— Ne me mentionne pas, Carol, que tu éprouves, toujours, des sentiments à mon égard !

Sur cette réplique, les joues de la jeune femme s'empourprèrent. Un détail révélateur.

— Oh ! Non ! Désolé, loin de moi ce désir de te déclencher une souffrance. Je pensais, avec le temps, que tu avais procédé au deuil de cette histoire.

— Ha ! Oui ! Tu crois qu'on bascule un interrupteur et hop, c'est fini ! Te fiches-tu de moi ?

Il y a bien longtemps qu'une dispute avait éclaté entre eux.

— Au cas où, Carol, tu ne le saurais pas, je sauve des vies, sur toute la planète ! C'est mon métier et malheureusement, je n'ai pas les aptitudes à conjuguer vie affective et professionnelle.

— C'est tout ce que tu as trouvé à me dire ?

Indignée, elle se leva.

— Tu devrais avoir honte !

Elle jeta sa serviette et quitta les lieux.

Katerman, interloqué par ce qui venait de se passer, stoppa net son repas. Il n'avait plus le cœur à se nourrir. Tout joyeux de retrouver son ancienne petite amie, il n'avait pas cru qu'une telle tournure puisse se réaliser. Confus et décontenancé, il sortit de l'établissement.

Dehors, le vent chaud apportait une agréable et appréciée sensation au visage. Moky, tenu en laisse, restait sage, comme s'il ressentait la contrariété de son maître. À cet instant, précis, Katerman implorait de pouvoir opérer une remise à zéro, dans son cerveau.

— Quel imbécile, je suis ! Se qualifiait-il ; à voix haute.

Parce qu'il n'avait plus envie de rentrer au motel, il espéra qu'une promenade dans les rues de la ville, à pratiquer le lèche-vitrine, lui remonterait le moral. L'apparition de ces jeunes malades rendait le contexte alarmant. Par bonheur, les journalistes se retenaient de se ruer sur lui. Une bouffée d'oxygène, réconfortante. Le trottoir, bondé d'estivants, procurait un plaisir des yeux. Les boutiques souvenirs, notamment celles qui vendaient des costumes, où l'on s'imaginait revenir à l'époque de la ruée vers l'or, étaient assiégées d'office. En haute saison, les habitants, fiers de cet héritage, s'amusaient à la revivre, pour le bonheur des touristes. Malgré l'euphorie des gens, Alan n'arrivait pas à décrocher un sourire.

Soudain, une voiture s'arrêta à son niveau et klaxonna. Intrigué, il scruta dans sa direction.
— Monsieur Katerman ?
Sans prendre la peine de sortir du véhicule, une femme l'interpellait. Il s'approcha

de la portière et baissa la tête. À sa grande surprise, il reconnut l'interlocutrice.

— Monsieur Katerman ! Kelly Williams, journaliste du Marina News. Nous nous sommes rencontrés, il y a environ un mois.
— Oui ! Je me souviens. Mais, je vous préviens, de suite, madame, mon humeur se refuse à supporter des questions.

Rien au monde ne pouvait s'opposer aux volontés de cette jeune femme. Katerman n'échappait pas à cette règle.

— Je ne viens pas vous réclamer quelque chose. Au contraire, j'ai des révélations très importantes à vous donner. Montez !

Était-ce la curiosité ? Était-ce une aubaine pour progresser dans cette affaire ? Quoi qu'il en soit, Kelly Williams avait tissé sa toile et à coup sûr, Katerman devint son prisonnier. Il grimpa dans la voiture, Moky à l'arrière.

6

— Révélations à haut risque —

Au-delà des canyons, il existait un lieu dans lequel une maman et sa petite fille rêvaient d'évasion et de liberté. Chacun de nous possède sa propre perception du comportement des gens. Emmy s'amusait avec Luke, en particulier, parce qu'elle appréciait celui qui aime les enfants. Elle lui racontait une histoire.

— … alors le petit garçon a déposé des petits cailloux blancs, un à un, derrière lui, tout le long du chemin. Comme ça, lui et ses frères ont pu retrouver le logis des parents, grâce aux cailloux semés.

Luke Evans, émerveillé de cette histoire, buvait ses paroles. On percevait sa sensibilité et constatait que ses émotions régissaient ses actes. Les yeux grands ouverts, il se pinçait les lèvres de la ruse du petit garçon.

— Emmy ! Heureusement que le petit garçon avait des cailloux sur lui ! Mais ! Ils sont devenus quoi, ensuite, les enfants ?

— Heu ! Mais, c'est une histoire ! Luke. C'est du faux. Essayait-elle ; de lui faire comprendre.

— Oui ! Mais moi, je veux savoir ce que sont devenus les enfants ! s'exclamait-il, à la limite de l'énervement.

Sans surprise, il commençait, doucement, à se balancer d'arrière en avant. Gloria, la maman, bien qu'elle ait les yeux bandés, percevait sa tristesse. Elle tenta de le calmer.

— N'ayez pas peur, monsieur Luke ! Les enfants vont bien, ils sont en bonne santé.

— C'est vrai, madame !

— Oui ! C'est vrai ! Je les ai vus ! Ils sont tous heureux !

Sans même le voir, elle était convaincue de lui fournir des paroles apaisantes.

— Ha ! Je suis content, alors ! Dit, Daniel ! Les enfants, ils sont en bonne santé !

— Oui ! Oui ! maugréa ce dernier.

— Mais ! Dit, Daniel ! On n'a pas de cailloux blancs, si on se perd !

Jenkins relisait les lettres anonymes et s'assurait de leurs conformités. Pour cela, toute dispersion était à proscrire. Cependant, il leva la tête vers son associé.

— Quelque chose ne tourne pas rond, dans ta cervelle !

— Qu'est-ce qui ne tourne pas rond, Daniel ?

— Laisse tomber ! répondit-il, dépité.

— Il faut que tu saches, Luke, l'heure est grave. On doit agir avant que ce Katerman ne saisisse toute l'histoire.

Le regard de Luke démontrait son incompréhension. Peut-être confondait-il l'histoire du « Petit Poucet » avec celle des enfants malades ?

— Moreno est en train de craquer. Katerman ne va pas tarder à se lancer à nos trousses !

— Veux-tu que je mette un bonbon dans sa poche ? suggéra Luke.

— Ne dis pas de bêtises ! Mettre le poison dans sa poche ça ne servirait à rien. Ça serait une erreur d'accuser Katerman, surtout de cette manière.

— Pourquoi, Daniel, ça serait une erreur ? Il aime pas les bonbons ?

— Non ! Mais réfléchi un peu ! Avant qu'il vienne, les enfants étaient malades ! Il est donc insoupçonnable !

Jenkins raisonnait la tête baissée.

— Je dois trouver une solution pour l'écarter, mais sans éveiller la suspicion.

Il y avait un autre lieu tout aussi émouvant, c'était celui du motel où Alan Katerman se faisait un plaisir de masser, de ses mains chaudes, le corps d'une douce personne. Les rayons du soleil peinaient à éclairer la pièce, au travers des rideaux. Ce matin-là, allongée sur le ventre, nue sur le lit, elle lui offrait la beauté de son corps, sous la lumière tamisée. Voilà quatre jours qu'Alan et Kelly se fréquentaient. Ne jugeons pas cet homme, sans connaître les tenants et aboutissants de cette relation. En restant impartial, on pouvait convenir qu'elle avait pleinement réussi la mission qu'elle s'était confiée. Capturer l'âme du chirurgien, l'hypnotiser, puis telle une formalité, le rendre à l'état de pantin ou de marionnette, sans cervelle. Elle le manipulait à sa guise. Soudain, la main sur la chute de ses reins, il s'arrêta d'un coup.

— Que se passe-t-il, Alan ? As-tu un problème ? Demanda-t-elle ; en tournant la tête.

— Je repensais à notre conversation, d'hier soir.

— Oui ? Tu parais songeur.

— Tu m'as expliqué que Moreno ne pouvait rien révéler à Riley Cooper, à propos de cet empoisonnement, que subissaient les enfants. La raison, c'est qu'ils étaient intimement liés et que cette relation a mal fini. Ainsi, Moreno craignait de la rancune et des représailles.

— Oui ! Et j'ai même ajouté qu'elle n'aurait pas manqué d'appeler Barrett. Elle n'aurait pas hésité à l'inculper, à le rendre coupable de tout ça. Tu sembles surpris !

— Oui ! J'avoue ! J'imaginais mal cette femme perfide. De plus, elle porte la responsabilité de ses jeunes patients. C'est inquiétant !

Sur cette prise de conscience, il se leva et se dirigea vers la fenêtre. L'instant ne se prêtait plus à profiter de plaisirs charnels.

— Tu sais, Alan ! Moi-même, j'étais abasourdie quand tu m'as révélé que Moreno connaissait tout et renonçait à intervenir. Tu m'as dit avoir confiance en cet homme, qu'il allait prochainement t'apporter, sur un plateau, le coupable. Je reste sceptique.

— Pourquoi ?

— Moreno cache quelque chose. J'ai interrogé ses voisins et ils m'ont appris que, du jour au lendemain, sa femme et sa fille ne donnent plus aucun signe de vie. Donc, en réponse à cela, j'ai minutieusement enquêté et j'ai découvert des réservations d'avion, à leurs noms. Certainement, il prépare un coup et va partir les rejoindre.

Alan Katerman s'était assis sur le bord du lit, la tête entre ses mains.

— Tu te rends compte de ce que tu m'annonces, là ? Si ces faits sont avérés, ça veut dire que, d'une part, Moreno m'a menti et que, d'autre part, c'est lui qui fabrique ces poisons ! Ce docteur aurait utilisé la médecine de façon malsaine ! C'est ahurissant !

— Pour l'instant, je n'entrevois pas d'autres interprétations. Expliqua-t-elle.

Elle se réfugia dans la salle de bain, prendre une douche.

— J'ai hâte que cette affaire se termine au plus vite. L'inquiétude s'empare des familles. Un ou deux enfants malades, en plus et ça conduirait à la panique.

— C'est pour cette raison que je surveille, de très près, Moreno. Il a une place, au cœur de cette opération, ça ne fait aucun doute ! s'exclamait-elle, d'une voix puissante.

Puis, enveloppée d'une serviette, elle sortit de la salle de bain.

— Mais toi, Kelly ! Que désires-tu ?
— Je cherche à le coincer, à trouver la preuve de sa responsabilité. Je pense qu'ensemble, nous la découvrirons.

On frappa à la porte. Alan lui fit signe de rester en retrait et ouvrit, à regret.
— Bonjour Alan ! Je ne pouvais plus supporter notre petite mésentente, de la dernière fois. Aussi, je tenais à m'excuser. Désolé, de venir si tôt !
— Oh ! Ce n'est pas grave, Carol ! C'est vite oublié.

La présence de Kelly, toute à côté, le mettait mal à l'aise.
— Certes, mais j'ai gâché nos retrouvailles. Tu savourais ma compagnie et j'ai réagi stupidement. Tu avais entièrement raison, sauver des vies, c'est prioritaire en toute circonstance.

Il jetait un œil, de temps à autre, sur la journaliste. Il espérait qu'elle reste tranquille afin de ne pas envenimer la situation.
— Que regardes-tu, Alan ?
— Heu ! Je surveille Moky. Je viens de lui administrer une douche, tiède. Aussi, il est tout trempé.

À ce moment, précis, Kelly laissa tomber sa serviette, à ses pieds. Surpris par ce geste, il s'efforça de paraître naturel.

— Je suis désolé, Carol, mais je dois me préparer, car j'ai un rendez-vous, urgent !

— Pas de souci ! Nous aurons l'occasion de nous revoir. Dit-elle ; avec un grand sourire.

— Je regarde l'heure et je ne souhaite pas arriver en retard.

Kelly réalisa l'inconcevable. Elle se glissa dans le dos d'Alan, discrètement, pour l'enserrer de ses bras. Aux yeux de Carol, même si cette femme était en partie cachée derrière l'homme, elle la savait dans la plus simple tenue. Au-delà du choc émotionnel reçu, elle comprit sur le champ, que sa présence n'avait plus lieu d'être. Elle referma la porte, sans prononcer un mot.

— Pourquoi as-tu réagi ainsi, Kelly ? Je souhaitais qu'elle admette, par elle-même, que toute relation ne mènerait à rien. Évidemment, je n'arrivais pas à lui donner cette direction.

— Je l'ai bien perçu, Alan. Je suis donc intervenue pour t'aider, à ma manière. Dit-elle ; accompagné d'un regard malicieux.

Alan se détacha de son emprise. Moky, couché au pied du lit, les observait, amusé. Kelly, malgré son air de satisfaction, devait convenir que la démarche de cette femme avait contrarié l'ambiance. Elle repartit dans la salle de bain, finir de se préparer.

— Kelly ! Je dois aller voir Barrett pour lui demander un service. Je te laisse Moky !

— D'accord ! De mon côté, je vais poursuivre la surveillance de Moreno. Ce soir, on se retrouve ici, pour étudier ensemble, point par point, nos investigations. Bonne journée, mon chéri !

Ce gentil sobriquet avait sonné étrangement, dans la tête d'Alan. Il ressentait cette relation, si soudaine, si rapide, comme un étouffement, auquel il ne s'y accoutumait pas. Il quitta la chambre et se précipita au-dehors. À l'extérieur, la ville se transformait. Dans la rue principale, un petit train touristique se remplissait d'estivants. On prêtait, pour l'occasion, des vêtements d'époque, pour cette promenade à la conquête de pépites. La joie sur les visages faisait plaisir à voir. Toutes ces mines joviales ravigotaient notre chirurgien, du moins, son moral. À ce propos, il s'interrogeait, un bref instant, sur l'idée de lâcher l'affaire et de monter dans un de ces trains, dans l'espoir de s'évader, de se vider entièrement l'esprit.

En ce mois de juillet, parmi les vacanciers, les enfants se révélaient les plus heureux. Pour cette jeune population, San Marina représentait le pays des frites et des burgers. Se perdre au-delà de la ville, c'était s'aventurer dans la nature et notamment les plus beaux parcs de l'état. Des vallées étroites, profondes, aux versants rocheux escarpés, ne voyaient le soleil qu'une demi-heure par jour. Elles méritaient le détour. Toutefois, crème solaire, casquettes et gourdes s'avéraient indispensables. Dans cette contrée idyllique, les estivants s'obligeaient à fermer les yeux sur les longues queues d'attente, pour prendre les navettes. En effet, malgré ce seul bémol, le paysage apparaissait comme magique. C'était là, une belle récompense.

Malheureusement, le contexte ne se prêtait guère à la promenade. Katerman devait rendre visite à Barrett, pour lui demander une faveur, mais ses chances d'obtenir son approbation restaient minces.

Cependant, il ne pouvait pas se permettre d'enfreindre la loi. Barrett l'avait prévenu, à plusieurs reprises, et tout prétexte suffisait pour se faire incarcérer.

Après avoir garé le pick-up devant le bureau du shérif, il entra avec détermination. Conformément aux habitudes, un brouhaha assourdissant régnait dans ce lieu. Sur les murs, on avait affiché des photos de visages d'enfants malades. Carter et Perez, les deux policiers, tapaient des rapports. Barrett semblait être sorti. Katerman s'approcha de l'un d'eux.

— Bonjour, sergent ! Je souhaiterais voir monsieur Barrett.

— Il est absent. Répondit-il ; sans lever la tête.

— Je suis Alan Katerman, le chirurgien affecté à la santé des enfants.

— Nous savons très bien qui vous êtes.

— C'est important ! Je dois rencontrer monsieur Barrett.

Cette obstination poussa le sergent à jeter un œil vers son collègue, afin de l'interroger du regard. Après réflexion, ce dernier acquiesça en hochant la tête. Ainsi, Perez se leva pour consulter le bloc-notes, posé sur le bureau de son responsable.

— Si l'on croit ce bloc, Barrett est parti voir Marge.
— Qui est Marge ?
— C'est un indic. Vous la trouverez chez Parsons. Elle y est souvent fourrée. Murmura-t-il ; impatiemment.

Katerman remercia les hommes et reprit sa route, sans tarder.

En direction du pub, il se réjouissait de ne pas avoir croisé ces familles en détresse. Cette difficulté de mettre un terme à leurs souffrances lui engendrait un profond désarroi. Par rapport aux révélations de Kelly, sur la famille Moreno, des doutes se profilaient à l'horizon. Était-ce une intuition ou une bonne étoile qui planait au-dessus de lui ? Il se convainquait que fouiller la demeure de ce médecin suspect apporterait des explications à l'enquête. Ajouté à cela, connaissant le caractère entêté de Barrett, il redoutait le pire. Particulièrement dans la semaine à venir, où Moreno ne devait pas subir d'inquiétude.

Chez Parsons, le barman affichait un large sourire parce que la clientèle était au rendez-vous. En revanche, au comptoir, on respirait une atmosphère de fumée.

Auprès des habitués, il obtint une petite description de la jeune Marge. On l'informa qu'elle occupait sa journée dans la pièce du fond. Sur place, il la chercha du regard, en vain. Pas de présence de Barrett ni de Marge, on pressentait un mauvais présage. Déçu, il fit demi-tour quand, soudain, on l'interpella.

— Monsieur Katerman ?

— Oui ? Répondit-il ; après s'être retourné.

— Je me prénomme Sydney. Je suis une amie de Marge.

— Oui ! Et ?

— Marge m'a parlé de vous, en bien. Alors je me suis permis de vous appeler.

— Où se trouve-t-elle, là ?

— Suivez-moi, monsieur Katerman.

La jeune femme pressait le pas. Elle quitta l'établissement par une porte de derrière. Après une cinquantaine de mètres, Alan découvrit Marge prostrée au sol et en pleurs. Rapidement, il procéda à un diagnostic sur sa santé. Visiblement, elle avait reçu une gifle. Par orgueil, elle cessa de sangloter.

— Que s'est-il passé ? Qui vous a infligé cela ? s'enquiert-il de savoir.

— Je me porte bien, monsieur Katerman. Ne vous inquiétez pas. Ça va aller. Précisa-t-elle, en repoussant du bras le chirurgien.

— C'est Dennis Barrett. Répondit son amie, postée derrière lui.

— Mais pourquoi s'est-il comporté comme ça ? demanda-t-il, en s'adressant à Sydney.

Marge préféra réagir d'elle-même.

— C'est à propos de Moreno. Il m'a posé des questions le concernant. Barrett pensait, à tort, que je savais des choses et les lui cachais ; il s'est énervé et voilà !

— Quel imbécile ! S'écria Katerman ; outré.

— Oui ! Quel imbécile ! répondit, tel un écho, Sydney.

Alan Katerman se releva. À cet instant, il comprit qu'il ne pouvait plus espérer l'aide de ce shérif. L'état d'esprit de ce dernier ne cadrait pas avec celui d'un représentant de la loi. Il se mit à réfléchir à voix haute.

— Puisque c'est comme ça, je vais me passer de lui !

— Monsieur Katerman !

— Oui, Marge !

— Je vais vous donner un conseil.

— Oui ! Je vous écoute.

— Surveillez le clown ! Il est dangereux.

Il ne s'attendait pas à un tel avertissement. Outre cela, force était de constater qu'on ne pouvait plus se fier aux apparences ou faire confiance à quiconque. Cette affaire s'avérait plus compliquée que celle en Californie. De plus, il se sentait bien seul et démuni. Il recommanda à la jeune Marge de se rendre à l'hôpital, aux urgences, pour se faire soigner. Puis, il se hâta de se diriger chez Moreno.

Monsieur et madame Collins sont un couple de retraités, ordinaires. Ce midi, Daisy vaquait dans sa cuisine, à préparer le repas pendant que son mari, Matthew, lisait le journal, de façon confortable, dans le salon. Soudain, il poussa un cri d'indignation.

— Ce n'est pas vrai ! Je n'ose pas y croire !

Sa femme l'avait entendu et s'inquiéta de sa réaction.

— Que se passe-t-il, Matthew ?

— C'est à propos de l'affaire des gamins. Dans le quotidien, ils annoncent que Moreno serait le coupable !

— Terry ? s'exclama-t-elle, en se retournant.

Matthew, choqué de cette nouvelle, s'était levé et rapproché. Il lui tendit le journal.

— Tiens ! Lis toi-même.

— Pas la peine, je te crois.

Elle reprit le cours de ses occupations, tout en regardant à la fenêtre. Quelque chose d'anormal attira son attention.

— C'est étrange, Matthew !

— Oui ! Je partage ton point de vue. Nous connaissons bien les Moreno. C'est un brave homme. Répondit-il ; croyant qu'elle faisait allusion au journal.

— Non ! Je te parle de ce qui passe chez lui. J'aperçois un individu qui essaie de s'introduire, dans la maison.

Matthew observa, à son tour. Le type était sur le point d'entrer de force.

— Mais ! Qu'est-ce qu'il trafique ? Il est fou, celui-là ! Je vais aller voir.

— Fais attention à toi ! On ne sait jamais.

— Rassure-toi, en plein jour, je ne cours aucun risque.

Il sortit de la maison, marcha jusqu'au portail de la propriété et interpella l'individu, à distance.

— Hé ! Vous ! Voulez-vous que je vous aide ?

L'homme prit sur le fait, s'arrêta net et avança quelques pas vers son interlocuteur, pour s'expliquer.

— Je suis navré, mais je dois entrer dans cette demeure.

— Mais ! Vous êtes monsieur Katerman, le chirurgien !

— Oui ! Pourquoi ?

— Je préfère, je suis rassuré. C'est monsieur Katerman ! s'écria-t-il, à sa femme, qui observait, de la fenêtre.

— Je dois pénétrer dans la maison. Je n'ai pas le choix, car je ne peux espérer l'accord du shérif.

— Ne vous inquiétez pas, monsieur Katerman. Nous sommes informés de votre présence dans notre ville. Nous apprécions, de tout cœur, votre aide. Vous aussi, vous partagez l'idée que Terry Moreno endosse ce rôle de coupable reconnu !

— De quoi parlez-vous ?

— N'avez-vous pas lu le journal ? Un titre avise que monsieur Moreno empoisonne les enfants, à la digitoxine.

— Qu'est-ce que vous dites ?

Katerman était ébahi. Sous ses yeux, il distinguait de gros titres, accusateurs, axés sur les pratiques, douteuses, de Terry

Moreno. Cependant, il n'arrivait pas à croire ce médecin coupable. Cela lui paraissait absurde.

Le Marina News !

— Bon ! Pas de temps à perdre ! s'exclama-t-il.
Il se dirigea à nouveau vers l'entrée.

C'était une magnifique propriété, bien entretenue, laquelle jouissait d'une belle piscine juxtaposée à une grande terrasse. Si l'on se fiait aux signes extérieurs de richesse, Moreno avait les moyens.
— Attendez, monsieur Katerman ! Je possède une clé !
Une fois à l'intérieur, Katerman inspecta pièce par pièce.

— Qu'est-ce qu'on doit chercher, monsieur Katerman ? demanda Matthew.

— Heu ! Dénichons quelque chose, en lien de près ou de loin avec l'affaire.

Tout en fouillant, Alan posa des questions.

— Me confirmez-vous que sa femme et sa fille ont disparu, du jour au lendemain ?

— Oui ! Comme ça, sans prévenir ! Daisy, ma femme, a trouvé cela bizarre. Certes, Terry possède un caractère asocial, mais il a confiance en moi. Je suis convaincu qu'en cas de souci dans son couple, il se serait livré.

— Et sa fille ! Quel âge a-t-elle ?

— Emmy ? Elle a huit ans. C'est une enfant adorable, très curieuse. Tenez, regardez ! Le cadre photo sur le bureau en témoigne.

Katerman saisit le cadre, il affichait une famille réunie. Puis, scrutant le bureau, il remarqua un document, qui dépassait du buvard. Sous celui-ci, il découvrit un nombre important de feuilles. Scrupuleusement, il les examina. Vu la quantité, la patience s'imposait. Enfin, il trouva une lettre anonyme, identifiable par les caractères découpés, glissée au milieu de la pile. C'était la récompense de ses efforts. Avec empressement, il la lut. Elle évoquait, entre autres, les enlèvements de Gloria et Emmy. Moreno devait se soumettre aux directives de ses ravisseurs s'il voulait les retrouver saines et sauves. Cette lettre apportait la preuve, incontestée, que Terry Moreno subissait un odieux chantage.

— Avez-vous trouvé quelque chose, monsieur Katerman ?

— Oui ! répondit-il.

Il brandit, tout sourire, le document tel un trophée.

— Partez-vous voir monsieur Barrett ?

— Pas encore ! Je dois me rendre au journal, pour stopper les idioties !

Il sortit de la propriété et monta dans le pick-up. Il démarra, mais une question lui vint à l'esprit.

— Monsieur Collins !

— Oui, monsieur Katerman ! répondit-il, de la fenêtre de cuisine.

— Avez-vous déjà entendu parler d'un clown ?

Matthew échangea quelques paroles avec sa femme.

— Vous devez probablement faire référence à ce sans-abri dont on fait appel pour les anniversaires. Allez voir monsieur Brown, il a créé une association pour ces gens-là.

— Merci ! Bonne journée à vous.

Au volant du pick-up, il ne cachait pas sa déception. Kelly Williams l'avait manipulé. Il se demandait, même, si cette relation sentimentale ne servait pas de leurre. Démontrait-on, là, des intentions machiavéliques, au point où Williams utilisait tous les subterfuges pour recueillir des informations confidentielles ? Dans quel but ? Obtenir un scoop ! Du sensationnel ? Katerman espérait se tromper. Il mettait en lumière, non seulement, un abus de confiance, mais surtout une divulgation qui pouvait avoir de graves conséquences. Avait-elle réfléchi, de façon sérieuse, sur les impacts que cela engendrait sur la personne visée et sur la population ? De retour, en centre-ville, il notait une agitation anormale et la nervosité sur les visages. Il avait hâte de se rendre dans cette agence de presse afin qu'on lui donne des explications. Sans ménagement, il poussa les portes. Sous les regards inquiets des journalistes, il franchit la grande pièce pour se diriger vers le bureau du directeur. Nathan Taylor et deux assistants parcourraient, avec attention, les articles d'un quotidien.

Tel un bulldozer, Katerman entra et s'adressa au responsable de l'agence.

— Est-ce vous le directeur ?
— Qui êtes-vous ? s'exclama Taylor, surpris de cette intrusion, en force.
— Je suis Alan Katerman et je veux connaître la personne responsable de cette couverture ! ordonna-t-il, sur un ton autoritaire.

Katerman avait jeté son journal sur le quotidien.

— Nous sommes désolés, monsieur Katerman, mais nous ne pouvons divulguer l'auteur de cet article. Expliquait l'un des assistants.
— En fait, je sais pertinemment que madame Kelly Williams est la responsable. Je désirais savoir si vous la protégez. C'est encore plus inquiétant, dans ce cas !
— Mais de quoi parlez-vous ? demanda Nathan Taylor.
— Je vous explique que vous devenez aussi irresponsables que Kelly. Vous rendez-vous compte de la portée de ses accusations ? Je ne pense pas.
— Mais pourquoi, monsieur Katerman, vous en prenez-vous à Kelly Williams ?

Vous vous trompez ! Elle n'a pas rédigé cet article.

Sur cet aveu, Katerman resta sans voix, un instant. Puis, parce qu'il ne comprenait pas, il insista.

— Quelle personne s'est permis d'incriminer Moreno, alors ?

— Ça peut vous paraître surprenant, monsieur Katerman, mais nous avons eu pleine confiance dans les dires de madame Riley Cooper !

— Riley Cooper ! S'exclama-t-il ; avec stupéfaction.

— Hé, oui ! intervint Kelly, qui venait de rentrer.

Elle aussi avait le journal, à la main.

— Et je peux le prouver, car selon les apparences, tu n'as plus confiance en moi. Dit-elle, sur un ton de reproche.

— Rappelle-toi ! Tu ne m'as jamais parlé de la digitoxine ! Comment pouvais-je le savoir ?

— J'ai aperçu ton nom sur la couverture ! Pourquoi ?

Nathan Taylor se permit d'intervenir.

— C'est madame Cooper qui a parlé au nom de Kelly. Elle a prétexté avoir reçu ces informations de sa part.

Alan la dévisageait, sans adresser le moindre sourire. Il réfléchissait.

— Tu as sans doute raison, je ne sais plus trop quoi penser. Cependant, ton agence doit réaliser un démenti !

— Un démenti ? Pourquoi ? Détiens-tu une preuve de son innocence ? S'exalta Kelly.

— Oui ! Mais je t'en parlerai plus tard. Je voudrais comprendre ce qui a poussé Riley Cooper à accuser Moreno.

— Je te l'ai déjà expliqué. C'est par pure vengeance. Elle fait partie des femmes capables de tout.

— C'est ton raisonnement Kelly. Moi, j'en vois un autre !

— Ha ! éclaircis-moi, tu suscites ma curiosité. Dit-elle.

Elle semblait minimiser la gravité de la situation.

— J'ai, tout simplement, envisagé qu'elle éprouve de la jalousie à ton égard et qu'elle ait cherché à te nuire. En effet, mon premier réflexe me poussait à croire en ta culpabilité, vis-à-vis de ces allégations.

— Possible ! Je vais rapidement réaliser un démenti et ça ne sera plus qu'un mauvais souvenir.

— J'aimerai bien, mais malheureusement la mèche est allumée ! Regarde la population, la panique s'empare d'elle, peu à peu. Les familles considèrent le médecin coupable. D'ailleurs, Moreno se trouve en danger.

— Tu as sans doute raison. Que devons-nous entreprendre alors ?

— Je n'ai pas eu le temps d'y réfléchir. L'idéal consisterait à retrouver Moreno, au plus vite, pour le mettre en sécurité.

— Je partage ton point de vue, Alan ! Peut-être même, l'enfermer en prison, pour le protéger et ainsi, éviter un éventuel lynchage. Donna Kelly, comme hypothétique scénario.

Pour Katerman, Moreno devenait le bouc émissaire numéro un. Il n'aurait jamais imaginé que par une voie détournée, il impliquait sa responsabilité. En effet, la relation amoureuse, qui naquit auprès de Kelly, engendra une vive jalousie de la part de la directrice. En conséquence, il prit une surprenante décision.

— Kelly ! Je préfère mettre un terme à notre liaison. La priorité, c'est l'affaire des enfants. J'espère ta compréhension. Je vais retourner au motel, récupérer Moky. Il a un flair incroyable, ça sera un atout, dans la recherche de ce médecin.

Les hommes se détachaient, rarement, de sa toile. Cependant, Katerman devint la preuve vivante. Kelly Williams avait accepté le verdict. Non, sans être apaisé, il ressortit de l'agence avec un léger sentiment d'écœurement. En effet, il s'appliquait à ce que la ville retrouve sa quiétude, mais les femmes agissaient sans conscience. À savoir, il avait donné, par erreur, sa confiance à Riley Cooper. Résultat, la population exigeait, à présent, des explications. Par le biais de ce journal, Moreno devenait, à nouveau, un suspect. Aussi surprenant que cela puisse paraître, aux yeux de Katerman, il faisait figure de victime.

Une fois dehors, la chasse aux pépites était passée au second plan. Les estivants ne constituaient plus l'attraction du moment. Dans les esprits, seule la volonté de trouver Moreno, jugé coupable, prenait le pas sur tout le reste. Les gens grimpaient dans leur véhicule et fonçaient en direction de l'hôpital. Alors qu'il se rendait à son motel, il croisa de nombreux véhicules qui donnèrent cette impression que la rue se transformait en sens unique. On supposait qu'une foule considérable et amassée, d'un coup, se retrouvait à l'hôpital. Katerman pressentait la catastrophe et ce n'était pas ce shérif, Barrett, qui avait le don de calmer les tensions. La nervosité s'emparait des familles de San Marina. Les vacanciers, simples spectateurs, assistaient, quelque peu anxieux, à ce remue-ménage. Une fois à l'intérieur de l'établissement, il apprécia la sérénité qui y régnait. Un instant plus tard, de nouveau avec Moky, il profitait de ce moment libérateur. Un œil sur son bol de croquettes, sa bête avait tout mangé. Ça faisait plaisir.

— Mon brave Moky ! Je vais avoir besoin de toi pour réaliser une mission importante qui consiste à retrouver un ami.

Tout à coup, on frappa à la porte. Alan supposa le retour de Kelly, dans l'espoir d'un rabibochage. Il ouvrit et se trouva, nez à nez, avec un individu masqué, qui le braquait de son arme.

— Pas un bruit ! Pas un mot ! Retournez-vous et ne faites pas l'imbécile, Katerman !

Alan Katerman s'exécuta et ressentit une vive douleur à la base du crâne. Puis, ses jambes se dérobèrent et il tomba lourdement sur le sol.

— Tu vois ce que ça fait, quand on se dresse contre moi ! Expliqua Jenkins, son agresseur ; avec un sourire narquois.

7

— Rien ne va plus —

Silencieuse et collée à la vitre, Lindsay observait, du troisième étage, l'arrivée de toutes ces voitures, sur le parking de l'hôpital. Cette infirmière, forte de caractère, ne pouvait dissimuler son angoisse.

— Vous en rendez-vous compte ? Madame Cooper ! Je connais bien les habitants de San Marina, car je suis née ici. Ils sont déterminés et voudront des réponses à leurs questions. N'exprimez-vous pas de l'inquiétude ?

Riley Cooper examina les lieux, à son tour. Dans sa tête, elle ne se considérait pas comme un monstre, bien au contraire. Elle se jugeait, victime et réclamait la justice. Terry Moreno n'aurait pas dû la tromper, avec une autre femme. Ce qu'il subissait, aujourd'hui, il le méritait. Elle se le répétait, sans cesse.

— Que veux-tu ? Cela devait finir ainsi ! s'exclama-t-elle, à voix haute, en guise de réponse.

Lindsay fronça les sourcils, mécontente de ce comportement.

— Vous ne devriez pas dire ça ! Monsieur Moreno adore les bambins, c'est étonnant. Je suis persuadée que l'on peut fournir une explication.

Tout en se détachant de la fenêtre, Cooper se dirigea vers son bureau. Son regard s'arrêta sur l'article.

— Les faits le prouvent ! En tant que médecin, Moreno se doit de prodiguer des soins et non d'empoisonner les enfants.

— Je vous en prie, madame Cooper ! N'employez pas ces mots ! C'est horrible ! Je n'ose pas y croire.

Lindsay, qui sanglotait, quitta la pièce. La directrice, seule, restait sur ses convictions. Moreno devait finir ses jours, derrière les barreaux.

Dans le bureau du shérif, la nervosité véhiculait dans l'espace. Dennis Barrett gesticulait dans tous les sens. Les circonstances s'avéraient exceptionnelles. Depuis l'occupation de ce poste dans San Marina, c'était son premier soulèvement. Perdre le contrôle de la ville l'angoissait au plus haut point. En conséquence, déterminé à faire régner la loi, il emploierait la force, si nécessaire. Carter et Perez préféraient rester muets et obéissants, par crainte de l'énerver encore plus. Barrett tira d'un coup sec son tiroir et sortit une petite clé, glissée au fond. Puis, tout en la regardant, il réfléchit un instant. Il se décida, tout de même, à se diriger vers l'armoire, réservée aux armes à feu. Dans la cellule, les hommes l'observaient avec attention. Quel paradoxe ! Ils affichaient un beau sourire. L'un d'eux se manifesta :

— Allez-y, Barrett ! Punissez cet empoisonneur d'enfants !

Les nouvelles circulaient vite, même dans un espace clos. Terry Moreno, du moins par ses pratiques, suscitait de plus en plus la haine, surtout chez les plus vulnérables, mentalement. Barrett ouvrit l'armoire et donna, à ses subalternes, un fusil et des balles. L'utilisation des armes interviendrait, uniquement, pour se défendre. La panique ne devait surtout pas s'installer dans San Marina.

— Carter ! Perez ! Avez-vous bien compris ? Hors de question de blesser un innocent, vous ferez usage de votre arme seulement si vous vous sentez en danger.

Dennis Barrett se grattait le cuir chevelu. Terrifié depuis l'édition du journal, il craignait que la situation dérape.

— Et Moreno ? intervint Carter.

— Je le réclame vivant ! Je ne souhaite, en aucun cas, agir par la violence.

— Le plus dur, ça sera de parvenir à calmer la population. Certains voudront le lynchage. Ajouta Perez.

Dennis Barrett s'étonnait, à nouveau, de l'ampleur de cette affaire. Dans sa tête, il pensait avec conviction que le journal représentait le facteur déclencheur de cette révolte. Il s'assit sur la chaise de son bureau, l'air résigné.

— Certes, j'ai un peu trop secoué Marge, mais elle était sur le point de me révéler le coupable. Si je tenais cette Williams, je lui tordrais le cou ! S'écria-t-il ; empreint de rancune.

— Moi, ce qui m'inquiète monsieur Barrett, ce sont les frères Clark. L'un d'eux possède un enfant, actuellement hospitalisé. Il va vouloir se venger. Précisa Perez.

— Je sais ! Je sais ! Ce n'est pas la peine d'envenimer les choses. Coupa Barrett, la tête baissée, songeur.

À contrecœur, il attacha son holster autour de la taille et y glissa son arme de service.

— Désolé, les gars, si je vous parais insistant, mais Moreno doit être jugé. Nous allons l'interpeller, au plus vite. On le présume coupable d'empoisonnement, sur les enfants. Par contre, la population ne doit pas faire justice, elle-même. Est-ce bien d'accord ?

Carter et Perez acquiescèrent, d'un signe de tête. Dennis Barrett se persuadait avoir réussi les préparatifs de cette arrestation. Soudain, un individu pénétra, avec violence, tout haletant.

— Monsieur Barrett ! Shérif ! Il y a du grabuge dehors, vous devriez venir. S'écria-t-il, à la limite de l'asphyxie.

Barrett observait l'homme, précisément celui situé dans son dos. Il avait une particularité qui souligna son attention.

— Qui êtes-vous ? Dit-il ; curieux.

— Je suis…

— Non ! Pas vous ! Je parle de la personne derrière vous.

Un homme, enveloppé et jovial, un chapeau de cow-boy sur la tête, une étoile sur la chemise, s'avança.

— Je me présente Robert Fisher, shérif de Bluetown, en Californie.

— Heu ! Vous venez de Californie ! s'étonna Barrett.

— Oui ! Je suis venu en avion, et je désire vous emprunter un véhicule pour mes besoins.

Cette réplique, surprenante, eut le don de faire rire Carter et Perez. Fisher, vu le contexte, n'apprécia pas cette hilarité sarcastique.

— Pourquoi riez-vous ? Est-ce un souci ? demanda-t-il, incrédule.

— Écoutez, monsieur Fisher. On voudrait comprendre votre présence, ici.

— Je suis venu pour apporter mon soutien à Alan Katerman. C'est un ami.

Cette réponse déplut visiblement à Barrett.

— Ici, à San Marina, la loi c'est moi ! Que cela vous enchante ou pas, c'est comme ça ! Je n'ai besoin de personne et encore moins de vous ou ce Katerman. Vous pouvez reprendre le prochain avion. Les gars ! Allez dehors, je vous rejoins.

Les deux sergents sortirent du bureau. Barrett les suivit, mais transmit une dernière remarque, à l'attention de Fisher.

— Écoutez bien ! Mon rôle, ici, c'est de m'assurer qu'on respecte la loi. Soyez prévenu ! Si vous me créez des problèmes, ça va mal se passer.

— Carol avait dit juste ! Vous êtes déplaisant.

Barrett lui adressait un regard méprisant. Fisher, l'espace d'un instant, se demanda si ces menaces resteront verbales. Il n'omettait pas cette possibilité que ce shérif pointe son arme vers un homologue.

Dehors, le spectacle devenait insolite. En effet, d'une part, les estivants se retrouvaient pris en otage dans cette histoire et d'autre part, les habitants se révoltaient suite à une rumeur, concernant Moreno. Les gens courraient dans les rues. Le nom de ce médecin circulait dans toutes les oreilles. Comme un effet de boule de neige, ce sentiment de rébellion se propageait dans toute la ville. Coïncidence ou pas, le vent se levait et poussait les esprits hésitants dans la direction de l'hôpital. Une serviette autour du cou, un homme sortit de chez le barbier, pour s'informer de ce qui se passait. On affichait le portrait de Moreno, sur les devantures. De ce fait, pas besoin de paroles pour comprendre. Les touristes, sceptiques, étaient peu rassurés. Barrett constatait, même, qu'un désir de violence animait les plus craintifs. Par conséquent, il devait se hâter, au plus vite, de stopper cette invasion de justiciers.

— Regardez, monsieur Barrett ! Le feu se propage à l'hôpital ! On distingue de la fumée, d'ici. S'exclama Lenny, le dévisageant avec le sourire.

— Pff ! Il ne manquait plus que ça ! Perez ! Carter ! Montez dans vos bagnoles, nous partons. Imposa ; anxieusement Barrett.

Les voitures démarrèrent sur les chapeaux de roue. Robert Fisher, contraint de les voir s'éloigner, affichait une mine déconfite. Malgré son statut de shérif, il se sentait bien impuissant, sur ce territoire inconnu. Fort heureusement, une autre arriva à son niveau. Le conducteur baissa sa vitre.

— Monsieur Fisher ?
— Oui ? Comment me connaissez-vous ?
— Je me présente Hoyt Foster, journaliste. Je viens de la part de Carol Smith. Montez !

Sur le parking de l'hôpital, une foule impressionnante s'amassait, à côté des véhicules audiovisuels. Les familles attendaient, avec impatience, que Moreno sorte de l'établissement, pour s'expliquer. Une journaliste s'approcha de l'une d'elles.

— Ruby Bailey, radio locale ! Monsieur et madame Brown, toute la population semble présente, ici. Quelle solution proposez-vous pour désamorcer ce genre de situation ?

Le cameraman fixait le jeune couple. Parce que des milliers de personnes auront les yeux rivés sur l'image, on conseilla d'éviter de fanfaronner. Andrew Brown prit la parole.

— Comme vous pouvez le constater, le climat social se dégrade et peut engendrer la violence. Certains ont lancé des cocktails Molotov, à base d'essence. Cela a provoqué le feu dans le bureau de Moreno, si je ne me trompe pas. Il doit, absolument, se montrer et donner sa version des faits.

— Et vous, madame Brown ? Partagez-vous le point de vue de votre mari ?

— Vous avez lu les journaux, tout comme nous. On souhaite des réponses. Les familles, ici, souhaitent des réponses.

Rester muet c'est reconnaître sa culpabilité et...

— Je t'arrête, ma chérie ! Sauf erreur, ça bouge à l'entrée.

Ruby Bailey prit le micro et face à la caméra, termina le discours.

— Comme vous l'entendez, nous constatons une ambiance bruyante et les gens scandent « On veut Moreno ! ».

Puis son coéquipier se mêla à la foule, dans le but de tout filmer. L'image était aussitôt retransmise sur les téléviseurs. Parce qu'ils s'étaient tous agglutinés contre les portes, afin qu'elles s'ouvrent par la force, on lisait la nervosité sur les visages. À l'intérieur, le personnel implorait la venue salvatrice du shérif. Nul ne pouvait prédire les évènements. Lillian, l'infirmière d'accueil, s'adressa au responsable de la sécurité.

— Mais qu'est-ce qu'il attend, Moreno ? N'envisagez-vous pas qu'il devrait se montrer ?

— Je ne sais pas ! À les voir, j'ai l'impression qu'ils voudront le lyncher.

— Je crains le pire, les portes vont céder ! s'exclama-t-elle, le visage, plus que pâle.

L'homme réfléchissait en se tenant le menton.

— Vous avez probablement raison. Je vais appeler la directrice.

Dans un crissement de pneus, les voitures du shérif et des sergents arrivèrent enfin, sur les lieux. Les sirènes sonnaient et les gyrophares baignaient de bleu toutes les têtes. Dennis Barrett, le fusil à la main, sortit de son véhicule, à la vitesse de l'éclair. Accompagné de ses hommes, il se fraya un passage jusqu'à l'entrée. Il se retourna face à la foule et muni de son porte-voix, pria les gens de se calmer.

— Mesdames et messieurs, montrez-vous compréhensifs ! N'entravez pas le travail de la police. Rentrez sagement chez vous !

Au milieu des familles, paré du masque de l'anonymat, l'individu rebelle faisait front.

— On veut Moreno ! Choisissez votre camp Barrett !

Tous les regards braqués sur les agents agissaient comme un seul homme. Par crainte de perdre l'ascendant psychologique, Barrett opéra de sang-froid. Il bouscula sans ménagement quelques personnes et ordonna, au travers du carreau, qu'on lui ouvre la porte. Une fois à l'intérieur, il murmura à ses sergents de monter dans les étages supérieurs, pour assurer la sécurité de Riley Cooper. Pour sa part, la tâche qui consistait à retenir cette foule, l'empêcher, à tout prix, qu'elle investisse les lieux, était une aberration. En revanche, parce qu'un départ de feu s'était propagé au rez-de-chaussée, les pompiers avaient un libre accès.

Dans son bureau, Riley Cooper n'avait pas l'esprit tranquille. L'arrivée de Barrett, contrairement aux idées reçues, suscitait l'anxiété. Incapable de se montrer conciliant, l'établissement aux mains de la population s'avérait inévitable. Perez frappa à la porte.

— Madame Cooper ! Ici le sergent Perez.

Riley ouvrit et fut surprise de voir deux hommes en position, prêts à faire feu.

— Qu'est-ce qui vous prend ?

— Sur ordre du shérif Barrett, nous assurons votre protection. Répondit Perez, l'arme braquée vers l'ascenseur.

— Pff ! N'importe quoi ! Au contraire, vous allez provoquer la violence. Je reconnais bien, là, les méthodes de Barrett.

Un châle posé sur les épaules, elle se dirigea vers l'ascenseur.

— Que faites-vous, madame Cooper ? s'alarma Perez.

— Je vais à l'accueil ! Apaiser les tensions.

Pendant les quelques secondes qui la séparaient du rez-de-chaussée, son reflet trahissait par le biais d'un rictus, un sentiment de culpabilité. Cependant, il était trop tard pour corriger ses erreurs. Lorsque les portes s'ouvrirent, elle fut prise de stupeur. Sous ses yeux, le shérif Barrett subissait une raclée. Elle avait pressenti qu'il serait dépassé par les évènements, mais pas à ce point. Quelques mètres plus loin, l'agent de sécurité gisait à même le sol, probablement assommé. Cooper se fit violence et souhaita mettre un terme à cette incursion et ces sauvageries.

— Messieurs ! Je vous en prie ! Calmez-vous ! C'est un hôpital, ici.

Comme un rituel, la même réponse se fit entendre.

— On veut Moreno ! Amenez-le-nous !

— Je ne sais pas où il se trouve. Mais ce n'est pas en agissant de la sorte qu'il va se montrer.

Tels des chiens enragés, ils assiégèrent les locaux et traquèrent Moreno. Parce qu'elle avait peur que tout soit saccagé, elle insista.

— Je vous en prie ! Pensez aux enfants ! Ne cassez pas le matériel.

— Nous voulons juste parler à Moreno, qu'il s'explique de ses actes. Lui répondit un individu, les yeux rouges de colère.

Furieux, les pères de famille prirent possession des lieux. Chaque pièce fut fouillée, avec minutie, jusqu'au moindre recoin où Moreno pouvait s'y cacher. En peu de temps, l'hôpital fut bouleversé à tous les étages. Une fois cette grande marée humaine passée, elle laissait derrière elle un capharnaüm, hors du commun. Dépités et surtout déçus, les gens quittèrent l'établissement pour poursuivre leurs recherches à l'extérieur. Riley Cooper ne pouvait que constater les dégâts causés. À la vue de la violence, déployée, et de cette révolte, la vie de Terry Moreno se révélait mise en réel danger. Non sans difficulté, Barrett se releva. Des ecchymoses sur le visage et au ventre, du sang aux commissures des lèvres, il affichait un sale état. Cependant, de bonnes constitutions, il prouvait, là encore, des aptitudes à être dans le coup. Il communiqua ses ordres, une fois ses hommes de retour à ses côtés.

— Carter ! Perez ! Je n'ai plus rien à faire ici ! Je sors ! Je dois dénicher Moreno, au plus vite. Restez là pour assurer la sûreté.

Pour la quiétude de sa femme Amber, Jeff Clark, accompagné de ses deux frères, Ryan et Nicholas, avait donné sa parole, à trouver le médecin.

— Pas de bêtise, mon chéri ! Pense à notre petit Léo.

— Je ne cesse de penser à lui. Ne t'inquiète pas. Tout ce qui compte c'est que Moreno soigne notre enfant.

Amber avait entière confiance en son mari, mais redoutait le comportement de ses frères. Elle savait qu'ils n'auraient pas autant de patience.

Dans la rue, Ryan attachait les chiens. Nicholas plaçait les fusils dans le coffre de la voiture. Jeff, l'aîné, devait prendre l'ascendant sur ses frères, pour éviter les catastrophes.

— Ryan ! Nicholas ! Pas question de le tuer, ni de le blesser ! Nous devons le ramener à l'hôpital pour qu'il soigne, au plus vite, mon fils Léo. Est-ce bien clair ? Interrogea-t-il ; pour s'en assurer.

— Oui ! oui ! Répondirent-ils ; à contrecœur.

Nicholas expliqua son point de vue.

— D'après moi, le toubib ne se cache plus à l'hôpital. Il a eu peur, il s'est enfui. Pourquoi ne pas se rendre chez lui ?

— Bonne idée ! Comme ça, les chiens vont sentir ses vêtements. Ça sera plus facile pour le trouver, le cas échéant. Renchérit Ryan.

Les trois hommes se dévisagèrent en silence. Ne voyant aucune objection, ils partirent sur le champ.

Avait-il fait preuve d'audace ou de courage ? Au volant d'une ambulance, Terry Moreno priait le ciel pour pouvoir rejoindre sa demeure. Pour se sortir sain et sauf de ce guêpier, il devait démontrer son innocence. Dans l'instant, c'était tout ce qui comptait. Entre autres, ça consistait à montrer à la population, aux médias, une lettre anonyme. Celle-ci le mettait au rang de victime et non celui d'odieux criminel.

Auparavant, par crainte de provoquer du préjudice à sa petite famille, il n'avait rien dit, à quiconque. Aujourd'hui, il devait agir. Une fois sur place, en prenant le plus de précautions possible, pour ne pas se faire repérer, il chercha le précieux document. Après un moment, dans le bureau, il s'exclama, à voix basse :

— Je ne comprends pas ! Normalement, elle se situait sous ce buvard. Je deviens fou !

Soudain, il entendit des aboiements de chiens. D'un geste instinctif, il s'accroupit et s'approcha de la fenêtre pour observer. Il reconnut les frères Clark, notamment, Jeff, le père de famille. Ce qui l'inquiétait davantage, ce fut la présence des fusils. De ce fait, il quitta la maison, par l'arrière. Bien mal, lui en a pris, car il se retrouva face à face avec Nicholas. Sans même avoir eu le temps de s'exprimer, il reçut un coup de poing au ventre, suivi d'un autre sur la joue. Sonné, Moreno tomba sur le sol de sa terrasse. Nicholas appela ses frères à la rescousse. Jeff était, à la fois, soulagé de récupérer le médecin et angoissé que ce dernier soit gravement blessé. Il inspecta l'homme.

— Ne t'inquiète pas ! Il va s'en remettre. Rassura Nicholas.

Terry Moreno secouait la tête, comme pour se replacer ses idées. Puis, du sol, il observait ses agresseurs. Le canon d'un fusil braqué dans sa direction, il devint fataliste.

— Qu'est-ce que vous voulez ? Me tuer !

— Non ! Tout ce que je souhaite, c'est que vous retourniez à l'hôpital soigner mon fils. Intervint Jeff Clark.

— Tu as encore confiance dans cet empoisonneur d'enfants ! Je pense qu'une balle en pleine tête plairait à tout le monde. Affirma Nicholas.

Moreno ne se leurrait plus trop, sur ses chances de survie. Contre toute attente, un invité « surprise » fit irruption.

— Messieurs ! Je vous prierai de lâcher vos armes.

— Ah ! C'est vous Barrett ! On n'a pas besoin de vous. Vous pouvez repartir dans votre bureau. Ce toubib nécessite une sanction. Expliqua Ryan.

— Écoutez-moi ! Monsieur Moreno doit être jugé. Vous ne pouvez pas faire justice vous-même.

— On la connaît la justice ! Il va visiter un peu la prison, puis il sera relâché.

Ensuite, il recommencera ses pratiques. Non ! on doit mettre fin à tout ça ! Suggéra Nicholas ; le regard sévère.

Dennis Barrett avait chargé le révolver et placé son doigt sur la détente. Un dernier signe d'avertissement.

— Je vous préviens, les frères Clark. Je n'hésiterai pas à tirer, si vous m'y obligez.

Profitant de cette altercation, Terry Moreno s'était relevé. Les quatre hommes le dévisageaient, pour discerner ses intentions.

— Agissez comme bon vous semble, Barrett ! On m'accuse, à tort, dans cette histoire. Aussi, tirez-moi dans le dos, si vous y tenez. S'exclama Moreno, le souffle court.

Sans tarder, il quitta les lieux.

Dans la rue, il paraissait perdu. Telle une aide providentielle, Matthew Collins, de sa fenêtre, lui fit signe de venir. Moreno se réfugia chez ses voisins. Daisy lui conseilla d'attendre un peu avant de repartir. L'envisager, de suite, serait une erreur et de l'inconscience. Terry, impatient de retrouver sa femme, admit toutefois que c'était plus raisonnable. Ainsi, il s'autorisa à profiter de ce petit moment de calme pour manger un morceau. Sans trop poser de questions, les Collins lui recommandèrent de rejoindre Saint Elmo. Certes, cette ville fantôme, minière, servait de repère pour les ivrognes, mais aussi de lieu sûr, pour s'y cacher. Ses voisins connaissaient bien la région. Un précieux atout pour Moreno.

La cigarette à la bouche, Kelly Williams rédigeait un communiqué qui expliquait que Terry Moreno subissait une terrible machination. Un peu à l'écart, Carol relatait, à Robert Fisher, les moindres détails de l'affaire. Kelly, tout en relisant son article, ne décolérait pas. À plusieurs reprises, elle prévenait que dès qu'elle rencontrerait Cooper, elle la giflerait. Hoyt essaya, du mieux qu'il put, de la ramener à la raison.

— Voyons Kelly ! Que gagneras-tu à agir de cette façon ?
— Pense ce que tu veux ! Ça me calmera !
— Après tout, madame Cooper a cru bien se comporter, convaincue de la culpabilité de son ex-amant. Expliqua Nathan Taylor.
— Culpabilité ou pas, ce n'était pas un motif pour publier un article, en mon nom, sans mon autorisation ! Vous savez bien

que je m'assure, toujours, de la véracité d'un témoignage. Maintenant, je passe pour une accusatrice. Vociféra-t-elle ; l'œil mauvais.

Connaissant son caractère explosif, Taylor n'insista pas.

— Votre ami a raison ! Croyez-vous qu'Alan va apprécier ce comportement ? Je ne pense pas. Intervint Robert Fisher.

Sur cette remarque, Kelly ne dit mot.

— D'ailleurs, à ce propos, où se trouve Alan ? Ne devait-il pas te rejoindre, avec Moky ? questionna Carol.

Parce que le contexte ne se prêtait guère aux crêpages de chignons, Kelly et Carol avaient mis de côté leurs rivalités.

— Oui ! Il y a une heure de cela, maintenant ! précisa-t-elle.

— C'est étrange ! Ça ne correspond pas aux habitudes d'Alan, d'arriver en retard.

— Il est probablement à l'hôpital ou parti dans la nature, à la recherche de Moreno. Suggéra Kelly.

— Tu sembles inquiète !

— Je la comprends. Je connais bien Alan ! Mieux vaut se méfier. Et puis, je ne vais pas rester les bras ballants. Je vais de suite à votre hôpital.

— Vous avez raison, monsieur Fisher. Je me sentirai rassurée. S'exclama Carol.

Au volant de la voiture de Williams, Robert Fisher paraissait songeur. Faire appel à Katerman pour sauver des vies était légitime, mais le savoir au cœur d'une population révoltée suscitait l'inquiétude. Après un détour à son motel, il se dirigeait vers l'hôpital. Il émit quelques mots, à l'attention de son passager.

— Tu vois, mon brave Moky ! Ton maître t'a abandonné !

Il jeta un œil à la bête et s'efforça de garder le sourire. Pendant l'été, en Californie et au Colorado, on profitait du même climat d'Ouest américain. C'était souvent orageux, la chaleur s'installait partout, mais Fisher réagissait bien. Sur le parking, seuls les camions des pompiers prenaient place. Force était de constater que le rez-de-chaussée prenait l'eau. Riley Cooper, assise sur une chaise, à l'accueil, était désemparée. Robert s'informa auprès du personnel de la situation. Personne n'avait aperçu Terry Moreno ou Alan Katerman. Parce qu'il était de nature sensible à la douleur d'autrui, il s'adressa à la directrice.

— Allez-vous bien, madame Cooper ?

Sans réponse de sa part, il procéda autrement.

— Vous devriez retourner chez vous, vous reposer. Sur le plan émotionnel, votre journée s'est révélée difficile.

Riley Cooper le regarda étrangement.

— Vous portez la tenue de shérif ! Exercez-vous cette fonction ?

— Heu ! Oui ! Excusez-moi ! Je ne me suis pas présenté. Robert Fisher, shérif de Bluetown, en Californie. Je suis un ami d'Alan Katerman.

— Enchantée, monsieur Fisher ! s'exclama-t-elle, avec un sourire forcé.

— Vous savez, madame, ne vous inquiétez pas. La police veille sur votre établissement. Demain, tout sera rentré dans l'ordre. Certes, c'est un peu sens dessus dessous, mais peu de matériel cassé.

Riley apprécia la franchise de cet homme. Elle se leva et se motiva.

— Vous avez raison ! Demain, je verrai ces soucis sous un autre angle.

— Sans vouloir vous obliger, madame Cooper !

— Oui ?

— Pourrions-nous déjeuner ensemble, lorsque le contexte favorisera ce genre de plaisir ? Proposa-t-il ; de façon improvisée.

Riley Cooper séduite par cette invitation surprise ne fut pas opposée à l'idée.

— Pourquoi pas ? À réfléchir, Robert !

Cette directrice, ragaillardie par ces paroles, monta dans sa voiture et prit la route. Fisher, inquiet de la disparition d'Alan, décida de retourner à l'agence.

8

— Chiens enragés —

Sur les précieux conseils des Collins, Terry Moreno se rendit à Saint Elmo. Construite en pleine forêt, on la caractérisa de ville fantôme lorsqu'elle a subi une diminution radicale de sa population. En revanche, c'était une joie de constater que de nombreux bâtiments restaient encore intacts. Par conséquent, il avait le choix de trouver refuge parmi une quinzaine de maisons. Mais, sans vouloir faire de mauvaise farce, il s'installa dans une cellule de la prison, pour s'y reposer. En effet, malgré les forces récupérées, cette cavale dans la nature précisément à traverser cette étendue de séquoias l'avait littéralement épuisé. De ce fait, en ce milieu d'après-midi, il s'endormit.

Il avait couru, sans se retourner, avec cette peur au ventre qu'on le capture. La forêt dense et le sol pentu ne facilitaient pas sa fuite. Accolé à un arbre, Moreno reprenait son souffle, difficilement, comme toute personne qui ne pratique aucun sport de l'année. Soudain, il entendit des aboiements de chiens. Ils se faisaient de plus en plus rapprocher, ce qui augmentait son angoisse. Où allait-il, clairement ? Lui-même ne le savait plus trop. Cependant, un point le contrariait fortement, ce fut l'article de Kelly Williams. Comment avait-elle rassemblé des preuves ? Tel que l'usage de la digitoxine, dans l'empoisonnement des enfants. Il se refusait à croire que Katerman avait trahi sa confiance et se réfugier dans les bras de la première journaliste, venue. Parce qu'il s'était attardé trop longtemps sur ces questions, Moreno n'avait pas décelé la présence des chiens. Il se mit à hurler, lorsqu'ils se jetèrent sur lui, les crocs en avant. Terry cria et se réveilla, paniqué, en sursaut. Tout transpirant, il se délivrait d'un cauchemar. Autour de lui, les murs de la prison le rassuraient, de façon insolite. De son mouchoir, il s'épongea le front puis recouvra ses esprits.

À nouveau sur pieds, il quitta son logis pour garantir qu'à l'extérieur personne ne l'avait entendu. Hormis un groupe d'estivants, au loin, qui photographiaient les lieux, Saint Elmo prenait une allure désertique. Pour autant, Moreno non rassuré, sa peur persistait, car Barrett connu pour ses talents de persécuteur pouvait sans scrupule faire pression sur Matthew Collins. Cela dans le but de lui faire révéler cette cachette. Le contexte actuel incitait à entreprendre des actes immoraux. Terry pensait, sans cesse, à Gloria. Aucun risque n'était permis. Sans tarder, il devait avertir ses ravisseurs sur la situation. Non pas de les informer que la panique s'emparait de San Marina, ils s'en doutaient. Mais il prenait place de suspect numéro un, de surcroît recherché, et de ce fait accusé à tort de leurs méfaits. De cette façon, leur chantage perdait de son effet. Cependant, aucun fait ne les reliait, de près ou de loin, à cette affaire. Ils pouvaient donc quitter la région, en toute quiétude et sans risque. Moreno se convainquait qu'il allait très bientôt libérer sa femme et sa fille. Tout en marchant d'un pas alerte, à travers les arbres, il murmurait, à lui-même, des paroles dans ce sens. À présent, plus déterminé que jamais, il entrevoyait son destin, d'un coup, plus favorable.

Entre-temps, dans l'avenue principale de San Marina, un curieux manège se déroulait. D'un côté de la route, on assistait au déchargement des voitures, des vacanciers. Ces derniers, aux visages souriants, brûlaient d'impatience de visiter la ville. En revanche, de l'autre côté, Carol et Kelly s'empressaient d'embarquer tout le matériel nécessaire, pour affronter les difficultés et tous les dangers. Alan Katerman avait disparu. Elles espéraient bien retrouver sa trace, en surmontant le moindre obstacle. Sous les yeux médusés de Robert Fisher, les deux jeunes femmes n'en finissaient pas de remplir le coffre.

— Heu ! Si je peux me permettre, mesdemoiselles ! Vous comptez entreprendre l'ascension de l'Everest ?

— Que sous-entendez-vous, monsieur Fisher ? Demanda Kelly ; n'appréciant pas la remarque.

— Vous emportez des sacs à dos, des pelles, tout le matériel de camping. J'aimerais comprendre ! s'exclama-t-il, à la limite de l'hilarité.

— Riez si vous le désirez ! Ici, la nature se montre hostile. Nous devons tout prévoir.

— Nous soulèverons des montagnes, pour retrouver Alan ! affirma Carol.

— Comme vous voulez ! Ne tardez pas ! recommanda-t-il, en grimpant Moky, du côté passager.

Après une heure de voiture, ils durent poursuivre leur périple, à pieds. En effet, pour rejoindre la première ville fantôme, parmi les deux cent cinquante des États-Unis, une bonne marche se profilait à l'horizon, particulièrement traverser la forêt nationale d'Arapaho. Celle-ci s'étend sur une partie des hautes Rocheuses et la vallée fluviale du fleuve Colorado. Elle portait son nom en hommage à une tribu amérindienne. Implantée dans un décor aux magnifiques montagnes, vallées et ruisseaux, cette nature épineuse se présentait, d'une manière insidieuse, comme un véritable labyrinthe. Par conséquent, celui qui s'aventurait sans plan prenait des risques inconsidérés.

— Les filles ! Les péripéties commencent maintenant ! À vous l'honneur.

Munies d'un gros sac à dos, les deux jeunes femmes marchèrent à un rythme soutenu. Robert voyait cela de mauvais augure et la préférence se portait sur un dosage des efforts, à se ménager en fonction du climat et des difficultés. Accompagné de Moky, il les laissa donc le devancer.

Trente minutes plus tard, sans surprise, elles étaient assises, en sueur, peinant à reprendre leur souffle.

— Alors ! Pas facile ! Hein ? questionna-t-il, d'un ton moqueur.

Il avait probablement touché un point sensible ou atteint leur orgueil. Elles se levèrent sur le champ sans dire un mot et poursuivirent leur voyage, d'une marche effrénée. Tout en s'efforçant de progresser malgré l'inclinaison brutale du sol, Carol se confia à Kelly.

— Je t'avouerai Kelly, que je ne sais plus trop, actuellement, si chez Alan, c'est l'homme que j'aime ou bien l'aventurier !

— C'est vrai qu'il possède beaucoup de charme !

— Alan me sort de mon quotidien ennuyeux. Il est le seul, à ma connaissance, qui ensoleille mes journées.

— Comme c'est beau, Carol ! Ce que tu dis là. J'admets que parfois, je me pose la question à propos de mon attirance pour cet homme.

De façon surprenante, les deux jeunes femmes se dévisagèrent avec le sourire, au lieu de susciter de l'animosité ou de la jalousie. Qui aurait pu croire que les deux protagonistes du cœur du chirurgien se servaient de lui, comme un prétexte, pour créer une amitié nouvelle et noueraient une hypothétique complicité ? Après un moment de silence, Kelly, inquiète, s'accorda une confidence.

— J'avoue qu'au début, je pensais que les révélations d'Alan me permettraient d'obtenir un scoop, gigantesque ! Ainsi, je voyais la possibilité de décrocher une belle somme d'argent, en vue d'ouvrir ma propre agence.

— Je comprends tout, maintenant. Intervint Carol.

— Oui ! Mais, je me suis trompée sur moi-même. Osa-t-elle se confier.

— Tu es tombée amoureuse de lui. Affirma Carol, sur un ton fataliste.

— Oui ! Je l'avoue. Tu dois me détester ?

À ce moment précis, Kelly glissa sur une branche. Carol, par instinct, lui tendit la main pour la rattraper. Tout se passa très vite, Kelly emmena Carol dans sa chute. Toutes deux dévalèrent sur une bonne vingtaine de mètres. Les sacs à dos s'ouvrirent et tout un tas de choses diverses fut éparpillé, sur ce lit de pommes de pin. Leurs visages étaient imprégnés de terre et leurs mains pleines de boue. Une fois cette descente, non prévue, terminée, elles reprirent leur souffle et rirent de bon cœur.

— Pourquoi te détester ?

Kelly n'eut pas le temps de répondre que Robert les héla au loin.

— Ça va ? Pas trop de bobos ?

— Désolée, monsieur Fisher ! Vous allez devoir continuer sans nous. Criait Carol.

— Nous avons surestimé nos capacités. En conviens-tu ? murmura-t-elle à Kelly.

Celle-ci acquiesça, en haussant les épaules.

— Et ça voudrait soulever des montagnes ! Pff ! Viens, Moky ! ne traînons plus, à présent. S'exclama Robert.

Il fronça les paupières, au moment de se réveiller. À l'image d'une mauvaise nuit passée, Alan Katerman émergea, enfin, de son sommeil. La douleur, omniprésente, au niveau de la nuque lui rappela, aussitôt, que ce repos de ces deux dernières heures fut contraint et forcé. Il se frotta les yeux pour découvrir le monde inconnu qui l'entourait. La pièce s'apparentait à celle d'une chambre, vu sa superficie. Constitué d'un lit-cage, d'une table, de deux chaises et d'un canapé, bon marché, tout paraissait rudimentaire. Une intense lumière traversait, par miracle, les volets persiennes et les rideaux crasseux pour se refléter sur le parquet. La saleté et une odeur de renfermé, qui imprégnait l'espace, procuraient un sentiment naturel d'évasion, rien de comparable avec son luxueux motel. De plus, un détail, non négligeable renforçait cette différence. Ce fut la présence de cette femme, assise sur le canapé, qui l'observait sans dire un mot et une petite fille, installée à la table, qui s'appliquait dans son coloriage. Le plus surprenant, c'était le sourire de cette dame. Dans son regard, il perçut une lueur d'espoir à passer pour un sauveur providentiel. Elle se permit de rompre le silence.

— Je me réjouis de vous voir sortir de votre sommeil. Vous allez bien ?
— Oui ! Merci ! À qui ai-je l'honneur ? Répondit-il ; en étirant les bras.
— Je suis madame Moreno et voici ma petite fille…

— Emmy ? Et vous, Gloria ? s'exclama-t-il, joyeux de les retrouver.

— Oui ! Comment savez-vous ? Qui êtes-vous ? demanda-t-elle, en se levant.

— Je me présente Alan Katerman, chirurgien. Madame Cooper, la directrice de l'hôpital, a sollicité mon intervention, car les enfants de San Marina tombent subitement malades. Dit-il ; en se massant la nuque.

— Oui ! Je crois comprendre, mais j'ai des doutes. Dit-elle ; pensive.

— Depuis combien de temps, vous séquestre-t-on ici ? Dit-il ; interloqué.

— Plusieurs semaines, je suppose. Enfermée, on perd la notion du temps. Tout ce que je sais, c'est que Terry, mon mari, subit un odieux chantage. Révéla-t-elle ; en se rasseyant.

La tête baissée, saisie par l'émotion, elle sanglota discrètement. Alan lui prit les mains avec douceur comme s'il voulait lui transmettre de bonnes ondes.

— Oui ! Je commence à déchiffrer toute cette affaire.

Pour ne pas effrayer la petite ou alarmer la maman, il évita de préciser que la population et la police recherchaient vivement son mari.

— Vous connaissez vos ravisseurs ? Comment suis-je venu ici ?

— Je perçois votre inquiétude, mais des questions vont demeurer sans réponse, malheureusement. Tout ce que je peux vous dire c'est que vous êtes arrivé dans une malle en osier.

— Oui ! Et Luke a fait tous les efforts pour vous faire descendre les deux étages de votre motel, avec le plus grand soin. Il me l'a confirmé ! S'exclama Emmy ; en se retournant.

Alan était stupéfait de la complicité, supposée, qui unissait son ravisseur à cette jeune fille.

— Vous pouvez paraître surpris, monsieur Katerman ! C'est légitime. Emmy s'est prise d'affection pour Luke, l'un des kidnappeurs.

Gloria lui murmura à l'oreille que ce dernier se révélait faible d'esprit et réagissait, bien souvent, comme un enfant.

Sans perdre de temps, il se dirigea vers la porte. Comme il le pressentit, elle était fermée. Puis, il s'approcha de la fenêtre, pour observer au-dehors. Gloria l'interrogea sur ses intentions.

— Que faites-vous ? Soyez prudent ! Ils sont probablement dans les alentours. Précisa-t-elle ; inquiète.

— Qui ils ? S'enquit-il de savoir ; en fronçant les sourcils.

— Maman parle de Luke et Daniel, monsieur. Intervint Emmy, avec un grand sourire.

— Il est gentil Luke ! Par contre, Daniel, il est méchant ! Ajouta-t-elle ; en poursuivant son coloriage.

— Mais ! Vous les connaissez ! Dit-il ; surpris.

— Au fil du temps, d'étranges liens se tissent, monsieur Katerman. Ce n'est aucunement de l'amitié, mais une relation d'adaptation qui consiste à survivre. Je ne sais pas si je m'exprime correctement. Au début, nous avions les yeux bandés et les mains attachées. Aujourd'hui, comme vous le voyez, nous profitons d'une certaine liberté. Expliqua Gloria.

— Je comprends tout à fait. Dans un contexte d'enlèvement, les rapports entre ravisseurs et victimes paraissent parfois surprenants.

Alan Katerman scruta le paysage et plissa les yeux, car la lumière l'aveugla, fortement. Hormis la forêt, au loin, il ne discernait pas grand-chose qui pouvait le renseigner sur ce lieu de détention.

— Distinguez-vous quelque chose, monsieur Katerman ? demanda Gloria.

— Malheureusement, peu de choses. En tenant compte de la hauteur, nous nous situons probablement au premier étage. Je vois une épicerie et à côté la poste. Mais, tout semble désertique.

— Oui ! Ils ont sans doute choisi une ville fantôme. Peut-être, nous logeons dans un saloon ou un hôtel. Apercevez-vous une gare ?

— Heu ! Non, désolé ! Pourquoi ?

— Pas de gare ! C'est logique. Affirma-t-elle.

— Expliquez-vous, madame Moreno.

— Vous pouvez m'appeler Gloria. Je pense que les brigands ont choisi une ville peu fréquentée, par conséquent, sans gare et sans animation, pour éviter les touristes.

— Vous avez certainement raison, mais savoir où nous sommes n'est pas primordial pour l'instant.

— Je vous comprends monsieur Katerman, mais retenue ainsi avec tant de questions en tête, ça fait du bien de pouvoir se renseigner.

— Attendez ! Je crois distinguer quelque chose.

— Qu'est-ce que vous voyez ? demanda Emmy, curieuse.

— Je vois deux hommes, un gros et un petit.

— Le gros c'est Luke ! Je l'aime bien, Luke. Proclama Emmy, sincèrement.

— Attendez ! Ils ne sont pas seuls. Ils s'adressent à une personne.

Alan se tortilla pour mieux apercevoir cette inconnue, au travers du volet.

— Oui ! Je la vois ! C'est une femme ! Elle exprime son mécontentement, par de grands gestes.

— Une femme, vous dites ! Là, je ne sais pas. Intervint Gloria.

— Ho ! Attendez ! Je la distingue davantage, maintenant. Elle vient de tenter de gifler le petit, mais il l'a retenu de son bras, au dernier moment. Elle repart à présent. Ils arrivent.

— Avez-vous reconnu la femme ? demanda Gloria.

— Non ! Désolé ! Elle a mis une cagoule sur la tête. Précisa-t-il, se retournant vers la maman.

— Monsieur Katerman ! Pardonnez ma curiosité, mais pourquoi vous a-t-on kidnappé ?

— J'ai trouvé une preuve de l'innocence de votre mari et apparemment ça ne plaît pas à vos ravisseurs. Affirma-t-il, en s'approchant de la femme.

— Je ne comprends pas où ils veulent en venir. Tout cela pour de l'argent ?

— Ce n'est pas simple, je conçois que Terry représente la personne la plus importante à leurs yeux. Tant que la suspicion se portera sur lui, ils seront hors de cause dans cette affaire.

— Mais cette femme ! Selon vous, quel rôle occupe-t-elle ? Je connais, jusqu'à lors, que les deux hommes.

— Sauf erreur, je présume qu'elle est le cerveau de cette organisation. Ce fameux Daniel n'est qu'un exécutant. Toutefois, à la vue de son comportement, leur plan ne se déroule pas comme prévu.

— Croyez-vous, monsieur Katerman, que votre présence ici justifie leurs désarrois ?

Alan pensait à la panique qui s'installait dans la ville. Aussi, il s'abstint d'en parler pour ne pas angoisser la femme.

— On peut le supposer, Gloria.

On entendit une clé ouvrir une porte puis des pas, dans la pièce à côté. Le sourire qu'affichait Gloria disparut d'un coup. Jenkins suivit d'Evans, entra dans la chambre.

— Hé ! Katerman ! Que faites-vous, là, debout, à la fenêtre ? Interpella Jenkins, l'arme au poing.

Gloria craignait le pire, en conséquence elle perçut le moment propice pour une intervention. La personnalité à fleur de peau de Jenkins imposait des initiatives de circonstance.

— Monsieur Katerman avait soif ! Aussi, il s'est levé et vous a appelé. Vous n'avez pas entendu ?

— Non ! On a rien entendu. Hein ! Dis, Daniel ! t'as rien entendu ?

— Non ! Tais-toi Luke ! Katerman, allez vous asseoir.

L'absence de masque sur les visages de ses ravisseurs inquiéta notre chirurgien, bien plus que le ton autoritaire et la présence de l'arme. Avaient-ils projeté de supprimer tous les témoins, de cette sordide affaire, au point de se montrer à découvert ? Ce n'était pas rassurant.

— Vous m'expliquez ce qui justifie ma présence ici ! Monsieur ?

— Monsieur Daniel Jenkins et moi c'est Luke ! Luke Evans !

Alan se rendit immédiatement compte de la véracité des propos de Gloria sur ce Luke Evans.

— Tais-toi, je t'ai dit ! Monsieur Katerman, pour rester poli, vous êtes un emmerdeur ! s'exclama Jenkins.

— Désolé de vous donner cette impression.

— Mais ce n'est pas une impression. Voyez-vous, sans votre intervention, notre bizness fonctionnait plutôt bien.

— C'est quoi, bizness, Daniel ? coupa Luke.

— Tais-toi Luke, je t'ai dit. Lui répondit-il ; avec un regard méprisant.

— J'expliquai donc que tout allait pour le mieux.

— Pour le mieux ? Mais vous avez perdu la raison ! Vous ne vous rendez pas compte du danger qui plane sur les enfants. S'emporta Alan.

— Un fou ? Vous voulez dire un génie ; oui ! L'argent c'est important ! Sachez-le, monsieur Katerman ! J'ai trouvé un moyen efficace d'en gagner, et cela avec un risque calculé.

— Un risque calculé ! Vous dites ! Vous administrez de la digitoxine aux enfants, pour les rendre malades du cœur. Mais c'est immonde !

— Vous ne comprenez pas ! Terry Moreno conçoit et nous transmet le poison. Il s'assure du bon dosage, c'est sans risque.

— Mais…

— Taisez-vous ! Laissez-moi finir ! Ensuite, lors des après-midi d'anniversaire, Luke joue au clown et le donne sous forme de bonbons aux enfants. Vous convenez que tout est bien réfléchi.

— Ha ! Oui ! C'est vrai ce que tu dis Daniel ! Les enfants, ils aiment bien les bonbons. Précisa Luke.

— Je constate que vous demeurez insouciant de la terreur semée au sein des parents. Vous êtes un grand malade.

— Terreur ! dites-vous ? s'emporta, à son tour, Jenkins.

Il arpentait la pièce et brandissait son arme, dans tous les sens, tel un pantin disloqué. De ce fait, parce qu'un coup pouvait partir, à tout instant, Jenkins atteignait un niveau d'inconscience hors norme.

— Un simple mal de cœur et ils récupèrent leur rejeton. Voilà, tout ! précisa-t-il.

Les mains sur les genoux, Gloria tourna la tête vers Alan.

— Quand je pense à madame Riley Cooper ! Elle doit souffrir, car elle aime tant les enfants. En ce moment, elle doit être dans tous ses états.

— Croyez ce que vous voulez, madame Moreno ! Mais allez-y ! Tournez-vous vers monsieur Katerman, votre héros ! C'est lui, le véritable responsable. Renchérit Jenkins.

— Qu'est-ce que vous insinuez là ? questionna Alan.

— Ne faites pas l'innocent, Katerman ! Quand vous avez fait du gringue, auprès de Cooper et de Williams, les problèmes ont commencé. Par la suite, on a publié un article qui montre la culpabilité de Moreno.

— Ne pointez pas du doigt le journal en question et encore moins une histoire de jalousie. Ça ne prend pas, avec moi ! C'est plutôt le nombre croissant d'enfants mal en point qui a suscité la panique dans la population. Vous êtes un grand malade ! Affirma-t-il ; le fixant du regard.

— Faites attention à ce que vous dites, Katerman ! Précisa Jenkins ; son arme dans sa direction.

— Qu'allez-vous envisager, Jenkins ? Me mettre une balle dans la tête ! Puis, ça sera le tour de Gloria Moreno et de sa fille ! Est-ce cela votre plan, Jenkins ?

Katerman parlait plus fort que la normale. Jenkins réfléchissait, en se pinçant les lèvres avec le pouce et l'index.

Ce fut à ce moment précis, qu'on entendit de la pièce voisine, une voix dans un talkie-walkie. Qui aurait parié, qui aurait cru que la détermination peut pousser un homme à dépasser ses limites, ses capacités ? Personne et encore moins Daniel Jenkins, car ce fut une randonnée pourtant réputée difficile, qui commença dans une oasis de verdure où Moreno croisa des animaux, tels que des biches, des bisons, mais aussi des lézards aux formes variées. La nuit, on dormait au son des criquets géants, avec les moustiques en cadeau. En revanche, le jour, la petite brise sous les cimes des pins servait de maigre consolation, avant de se lancer dans la longue traversée du désert, comme il le nommait. Le canyon asséché auquel il faisait allusion offrait l'endroit, propice, à la méditation. À savoir, aux dires de Moreno, l'homme seul qui rentrait dans ce lieu profitait, certes, de la solitude et d'une chaleur tempérée, mais acquérait, au fil des minutes, l'effroi de se perdre. Par conséquent, ce ne fut pas la détermination, mais plutôt l'amour, qu'il portait à Gloria et Emmy, qui vinrent à bout de tous ces obstacles. Dans un état transformé, à l'image d'un chien enragé, Terry Moreno s'adressa aux kidnappeurs.

— Allo ! Jenkins ! Ici, Moreno !

La voix grave du médecin transperçait les murs.

— Ne me poussez pas à bout, Katerman ! Prévint Jenkins ; puis il rangea son arme dans le holster.

Il quitta la pièce en claquant la porte, laissant Evans à leurs côtés. Celui-ci, de son regard niais, ne semblait pas bien dangereux. Emmy, propre à sa nature, lui montra son coloriage.

— Ça représente quoi, Emmy ?

— C'est un vieux chef indien. Il s'amuse avec des enfants et les protège.

— C'est bien ça ! Emmy ! Oh ! Comme j'aimerais être ce chef indien ! s'exclama-t-il, en scrutant le plafond.

Jenkins et Moreno se tenaient tête au bout de l'appareil. Gloria suggéra discrètement à Alan d'essayer de rallier Evans à leur cause. Il lui déconseilla un tel projet.

— Désolé, Gloria ! Notre ami, ici présent, possède un comportement trop instable et imprévisible ! Son associé n'a pas l'humeur à l'indulgence, mieux vaut se faire oublier.

— Vous paraissez troublé, monsieur Katerman. Quelque chose vous inquiète !

— Oui ! J'avoue penser à mon chien.

— Vous avez un chien ! Comment s'appelle-t-il ? intervint Emmy.

— Il s'appelle Moky. Je suppose qu'il est resté au motel.

On pouvait en apprendre beaucoup sur l'état psychique de Moreno, rien qu'en prêtant attention au ton de sa voix. Il ne pouvait réprimer sa colère, mais aussi sa volonté de mettre un terme à sa souffrance. Le vocabulaire employé était clair et net.

— Écoutez-moi, Moreno !

— Non ! C'est vous qui allez m'écouter ! Sachez, je n'ai rien à perdre, Jenkins ! La police est à mes trousses. La population me recherche et veut me lyncher. Je vous préviens, Jenkins. Je possède une arme, donc si vous ne relâchez pas, maintenant, ma femme et ma fille, ça va mal se finir.

Moreno avait terminé sa phrase en criant. Sur cette dernière réplique, Jenkins resta sans voix. Non pas que Moreno comptait sur l'efficacité de son mensonge, car sans arme, mais il était déterminé à jouer les libérateurs, quitte à s'exposer aux risques.

— Ne vous comportez pas comme un imbécile, Moreno ! Songez à votre femme. Prévint Jenkins.

— Croyez bien que toutes mes pensées sont tournées vers ma famille ! J'arrive, Jenkins ! Dit-il ; pour mettre fin à la conversation.

Jenkins ne craignait pas Moreno. De surcroît, peu de chose l'effrayait. Cependant, la présence de la police et toute la population, dans les pas de Moreno, le contrariaient. Jusqu'à lors, il avait agi dans l'ombre et souhaitait le rester. À ce jour, aucune preuve matérielle de son implication n'existait. Convaincu que Moreno était tenu pour unique responsable dans cette affaire, rien ne devait changer.

9

— Échappatoire imprévue —

L'objectif principal de tout vacancier s'inscrit à affronter des difficultés pour se procurer des sensations fortes et ainsi s'échapper de la routine quotidienne. Les rivières qui dévalent les montagnes, à vive allure, figurent comme parfait exemple. Elles servent de terrain de jeu idéal aux amateurs de sport en eaux vives. Seul l'ouest sauvage du Colorado octroyait ce genre de bouffée d'oxygène. Cependant, les passionnés des cours d'eau espéraient mettre la main sur de petites pépites d'or. Toutefois, on déconseillait aux débutants de s'aventurer dans les canyons, en vue de découvrir de fascinantes constructions troglodytes. À défaut, la chaîne des Rocheuses offrait une vue impressionnante, à l'image de tableaux de peintres illustres. Les sommets enneigés, les prairies verdoyantes, les forêts abondantes en végétation et les lacs d'eau claire en témoignaient et comblaient les âmes romantiques.

Pour toutes autres raisons, après avoir traversé la forêt d'Arapaho, tels des hommes traqués, Daniel Jenkins et Luke Evans s'engouffrèrent dans un canyon. On notait un contraste saisissant entre l'étroitesse de l'entrée et les galeries démesurées qu'il renfermait. Dans cette immensité, les deux hommes paraissaient bien minuscules. Même si la beauté de cet endroit dépassait ce qu'on pouvait s'imaginer, le danger demeurait omniprésent. En effet, on conseillait de s'accompagner d'un guide pour conquérir cet espace, car les inondations éclair transformeraient cette cachette, inespérée, en un lieu funeste. Une sacoche de billets, à la main, une corde attachée à la taille qui le reliait à son compagnon de fortune, Daniel Jenkins ouvrait la marche. Luke Evans qui d'ordinaire s'émerveillait d'une coccinelle, frissonnait là encore, d'exaltation, devant ce que la nature avait façonné. Les canyons à fentes sont particulièrement nombreux dans le sud-ouest des États-Unis. D'une fissure initiale créée par le climat, vient s'ajouter d'abondantes pluies et inondations qui la rendent de plus en plus profonde. Elle se transforme ainsi en un magnifique canyon, dont l'érosion laisse de brillantes nuances de rouge, jaune, violet et orange sur les parois. Tel un enfant qui s'émeut d'une belle surprise, Luke Evans, joyeux, tremblait de tout son être.

Malgré le silence qui régnait, le visage de Jenkins trahissait son inquiétude. Contre toute attente, Luke perçut la nervosité de son associé.
— Dis ! Daniel ! Tu dis rien ! Tu es fâché ?
— Non ! Mais, j'aimerais bien que tu avances. J'ai hâte de quitter ce Colorado et de retourner dans le Wyoming.
— Pourquoi ? On était bien avec Emmy ! Pourquoi on est parti, Daniel ?
Ce n'est pas tant le fait de répondre aux questions de Luke qui l'agaçait, mais plutôt, que ce dernier s'arrêtait de marcher dès qu'il réfléchissait. Daniel Jenkins perdait toute patience.
— Je te l'ai, déjà, expliqué dans la forêt, Luke ! On est parti pour éviter la présence du shérif Barrett.
— Tu as peur de Barrett, Daniel ?

— Mais non ! Mais Barrett, ses sergents et toute la population vont rappliquer. Autant éviter !

— Ha ! D'accord ! s'exclama Luke.

Jenkins jeta un œil sur la physionomie d'Evans et exprima une grimace, car elle dénonçait l'incompréhension.

— Nous ne devons plus traîner, Luke ! Retournons à la voiture, avant la nuit.

Dans la ville fantôme, plus précisément dans cet ancien saloon, au premier étage, les esprits se réjouissaient. Même si la chambre était fermée à clé, une sensation de liberté planait dans la pièce. Des sourires gagnaient les faciès d'Alan et Gloria. Les regards interloqués traduisaient cet étonnant revirement de situation, en particulier, à l'image de cette femme qui sautillait par petits pas, sur le plancher, pour montrer sa satisfaction.

— Vous vous en rendez compte, monsieur Katerman ! Ils sont partis ! Disait-elle ; en lui tenant les bras.

Emmy, par mimétisme, sautillait également.

— Heu ! Oui ! Même si votre liberté apparaît toute relative, je ne peux gâcher votre joie.

— Toute relative ? Mais, quel risque coure-t-on ? Que voulez-vous de plus ? s'exclama-t-elle, avec un large sourire.

Gloria incita Alan à danser avec elle. Il fut gêné de la prévenir de ne pas crier victoire, trop tôt.

— Et s'ils tendaient un piège à votre mari ? Jenkins possède une arme, donc je reste méfiant.

D'un coup, la femme stoppa ses petits sautillements.

— Rassurez-vous, Gloria ! Après réflexion, je doute qu'il réagisse de cette façon. De plus, vous avez entendu Terry, il a signalé que la police le poursuit.

— Oui ! Vous avez raison ! Jenkins montre trop de lâcheté pour se confronter à Dennis Barrett.

Pendant une minute, chacun resta dans ses pensées et seul le feutre, qu'utilisait Emmy dans son coloriage, découpait le silence.

— Mais alors ! Monsieur Katerman ! De quoi avez-vous peur ?

— Tant qu'un criminel se promène dans la nature, je ne peux pas avoir l'esprit tranquille.

— Oui ! Je vous comprends. Excusez-moi de vous paraître si égoïste, mais je ne songe qu'à Emmy. Dit-elle ; en regardant sa fille.

Soulagée de mettre fin à son enfer, Gloria ne put contenir ses larmes.

— C'est normal de réagir ainsi, Gloria. Vous avez tellement subi de stress, ces dernières semaines. Dit-il ; en donnant une accolade.

Dans la rue, les mains en porte-voix, un homme dans un état second appelait les ravisseurs.

— Jenkins ! Evans ! Montrez-vous !

Sans perdre une seconde, Alan brisa, de son coude, le carreau de la fenêtre. Il interpella Moreno.

— Nous sommes ici ! Dans le saloon, au premier.

À la vitesse de l'éclair, Terry Moreno grimpa les marches et fracassa les portes pour libérer, une fois pour toutes, sa petite famille. Sous les yeux amusés de Katerman, Moreno, le visage grave, embrassa sa femme et cajola sa fille, l'enserrant dans ses bras. Empathique, mais surtout compréhensif, Alan n'interrompit pas cet émouvant moment de retrouvailles. Cet homme avait subi de multiples sentiments intenses, tout au long de cette journée, mais elle se terminait, par miracle, de belle manière. Puis, cette bonne nouvelle en engendra une autre ; un labrador, couleur sable, arriva dans la pièce.

— Moky ! s'exclama Alan, en caressant sa bête.

Robert Fisher apparut, les mains sur les genoux et le dos courbé sur le seuil de la porte.

— Tu m'as fait courir ! Précisa-t-il ; après avoir repris son souffle.

— Robert ! Pour quelle raison, je te retrouve ici ?

— Tu demanderas à Carol ! Mais je suis bien content de te rejoindre. Tu ne peux t'empêcher de te mettre dans des situations dangereuses, à ce que je vois ! Dit-il ; en affichant, presque à regret, un sourire.

Alan s'aperçut que Terry se méfiait de l'homme. Aussi, afin d'éviter tout malentendu et pour le rassurer, il précisa certains points.

— N'aie crainte, Terry ! Je te présente Robert Fisher ! C'est un ami, shérif dans un comté, en Californie.

Alan, assis sur le canapé, contemplait cette famille réunie. Soudain, on entendit une voiture foncer, dans la rue, accompagné d'un coup de frein brutal. Terry, craignant l'arrivée de Barrett, fut à nouveau saisi par l'angoisse.

— Heu ! Alan ! Tu possèdes bien, sur toi, la lettre anonyme, celle qui prouve que je subis du chantage ?

— Non ! Désolé, Terry ! C'est Jenkins ! Il s'en est emparé.

Sur cet aveu, Moreno parut déconfit. Sans le document, cela semblait peine perdue de convaincre Barrett.

— Vient Gloria ! Vient Emmy ! Nous devons partir !

— Écoute, Terry ! Inutile de fuir, je saurai raisonner Barrett. Dis la vérité, simplement.

— Je te crois, Alan ! Par contre, je n'ai aucune confiance en Barrett. C'est le genre d'homme à tirer d'abord et discuter ensuite.

Robert présuma bon d'intervenir pour rassurer le fugitif.

— Écoutez monsieur Moreno ! En ma présence, Dennis Barrett sera contraint de respecter la loi. De plus, tout prouve ici qu'on a séquestré votre femme et votre fille.

De toute façon, c'était trop tard pour agir, Barrett apparut, l'arme au poing. Il avança dans la pièce et se rapprocha de la table. Sur celle-ci, des journaux découpés suffisaient à eux seuls pour se formuler ses propres conclusions.

— Tout s'éclaircit à ce que je vois ! Vous vous confessez, Moreno ? C'est tout ce que je vous demande.

— Écoutez, monsieur Barrett. Vous vous trompez d'homme. Monsieur Moreno est une victime et non un coupable. Affirma Katerman.

— Monsieur Katerman ! Vous savez ce que je pense de vous.

— Ne soyez pas stupide, Barrett ! S'exclama Robert Fisher ; la main sur la crosse de son arme.

Dennis Barrett fut surpris de cette insolence, ce qui lui fit perdre son aplomb.

— Constatez l'évidence ! Madame Moreno et sa fille ont été enfermées, ici.

Barrett semblait égaré, il scruta la pièce pour chercher un élément qui pourrait l'aider à comprendre.

— Expliquez-moi, dans ce cas, Moreno ! Pourquoi êtes-vous parti de l'hôpital ? Tout prouve que c'est vous qui empoisonnez les enfants. Et les lettres anonymes ! C'est pour l'argent ?

Terry Moreno regarda Alan dans les yeux, pour le questionner sur le comportement à prendre.

— Sincèrement Terry ! C'est le moment de dire la vérité.

Encouragé par Alan, il se lança dans une explication détaillée.

— Il y a quatre semaines, tout a commencé par une lettre anonyme. Elle précisait qu'on avait kidnappé Gloria ma femme et Emmy ma petite fille. Si je ne me soumettais pas aux instructions, je risquais leurs vies. Alors, aussi incroyable que cela puisse paraître, je devais fabriquer un poison et le leur remettre. Je ne savais pas où ils en voulaient en venir. J'exerce une profession médicale. Par le serment d'Hippocrate, je suis engagé et investi à aider, aux mieux, mes patients dans leurs souffrances et leurs maux. Néanmoins, dans ce cas de figure, pour ma femme et ma fille, je ne pouvais envisager d'autre choix. Je devais obéir aux ordres de ces hommes, non sous l'effet de la colère ou de façon impulsive, mais par pragmatisme. C'était un acte réfléchi, calculé, j'avais minimisé les risques. Quoi que je dise, Alan, tout paraîtra monstrueux.

— Et donc ce vrai coupable, c'était Jenkins ? demanda Alan.

— Oui ! Je cherchais une preuve de son inculpation.

Alan émettait un doute sérieux sur l'identité du cerveau de cette affaire. Il pensait, à juste titre, que Terry lui cachait une part de la vérité. Pourquoi ? Mystère !

Terry Moreno employait volontairement un vocabulaire soutenu pour éviter que sa fille saisisse et soit choquée.

— Admettons ! Mais pourquoi n'êtes-vous pas venu à mon bureau ? Cette lettre révélait le kidnapping de votre famille. Insista Dennis Barrett.

— Je comprends votre point de vue, monsieur Barrett. Moi-même, à votre place, je serais le premier à m'incriminer. J'avoue, sans honte, ne pas être un homme courageux et privilégier la fuite, face au danger. Je me réjouis que cette histoire prenne fin. Participer à l'empoisonnement des enfants, puis les soigner, ce fut un vrai cauchemar. Voir ces enfants malades sans pouvoir intervenir, c'était un crève-cœur ! Je ne connais pas la raison exacte pour laquelle Jenkins m'a choisi. J'émets l'hypothèse qu'il a appris, de source sûre, que mes compétences en chimie lui donnaient la possibilité de réaliser cet odieux chantage. On peut toutefois supposer une autre cause. Quoi qu'il en soit, monsieur Barrett, concevez-vous que mon statut de médecin me permet d'agir comme un monstre, en toute quiétude ? Sachez que plus d'une fois, j'ai songé au pire. Seul, ici, monsieur Katerman peut le comprendre.

Sur cette réplique, Gloria prit tendrement sa main et se blottit contre lui, une façon bienveillante de réconforter son mari.
— Écoutez, monsieur Barrett ! Un criminel s'est enfui dans la nature. J'ai besoin de vous pour le stopper. Intervint Alan.
Barrett jeta un œil sur ses sergents et constata qu'ils affichaient un visage approbateur.
— Sans vous presser, ils détiennent déjà une bonne avance.
— Vous avez raison, Katerman ! Carter et Perez vont sécuriser les environs.

Moreno ! On terminera cet entretien plus tard.

— Je vais rester ici, Alan ! La présence d'un shérif peut s'avérer utile, car la population recherche ton ami. Avec Moky, tu vas vite retrouver la trace de Jenkins. Précisa Fisher.

— Je vous préviens, Katerman ! Vous pouvez venir, mais en cas de blessures, ne me tenez pas responsable !

— Ne vous occupez pas de moi, mais plutôt de Jenkins, à présent.

Dans un coin du Colorado, un homme, de petite taille, s'efforçait d'avancer pas à pas, coûte que coûte, en tirant de toutes ses forces sur une corde. Sans connaître la personnalité de Luke Evans, on jugerait cette situation non pas pour cocasse, mais pour absurde. Plus d'un aurait depuis longtemps, à la place de Daniel Jenkins, coupé celle-ci pour s'enfuir sans se retourner. Mais les péripéties et les dangers partagés par les deux hommes s'opposaient à toute séparation. De sorte, qu'au fil de cette escapade, la corde prenait l'image d'un cordon ombilical. Les galeries présentaient différents reliefs et parfois le terrain escarpé exigeait une belle énergie. Daniel était en nage. À bout de souffle, il pria de nouveau le soutien de son associé.

— Luke ! S'il te plaît ! Fais un effort. Avance ! Si l'on ne sort pas de ce canyon avant la nuit, on va mourir de froid.

Malgré son imposante carrure, Luke Evans ne se comportait jamais comme un homme viril, pourvu d'assurance. Ce ne fut pas intentionnel de sa part, tout simplement, on devait accepter que la nature l'eût doté d'une sensibilité exacerbée. De la paume de sa grosse main, caresser la paroi chaude lui procurait du plaisir. Du bout de ses doigts, il ressentait la chaleur de la roche et en frissonnait. Émerveillé par ce caléidoscope de couleurs, il avait les yeux grands écarquillés. Parfois, comme à ce moment précis, il s'arrêtait de marcher pour contempler le beau ciel bleu qu'il entrevoyait, dans les hauteurs du canyon.

— Oh ! C'est magnifique ! s'exclamait-il, sans pouvoir s'en empêcher, au fort désespoir de Daniel.

Jusqu'à lors, ce dernier avait fait preuve d'une patience hors norme pour supporter les caprices de Luke. Mais, là, c'en était trop ! Il sortit l'arme de son holster. Était-ce prémédité ? Personne ne pourrait donner une réponse sans risquer de se tromper. Contre toute attente, il tira en l'air, ce qui déchira le silence qui envahissait les lieux. Espérons que ce geste puisse le calmer, car on craignait le pire. Là encore, Luke sourit de la curiosité que produisit un écho dans un canyon.

— C'est amusant, Daniel ! On a l'impression que le coup de feu, il s'arrête jamais !

Daniel s'abstint de répondre. Dans un état émotionnel particulièrement intense, il se sentait à la limite de devenir fou. Les circonstances le justifiaient-elles ?

Quelques centaines de mètres en arrière, Alan Katerman et Dennis Barrett, s'activaient à les rejoindre. Fort heureusement, Moky servait de précieux guide. Fidèle à sa réputation, il avait repéré leurs traces, car il est doté de son impressionnant flair. De surcroît, la jeunesse et les années de pratiques sportives des deux hommes constituaient un atout indéniable. Alan, seul avec ce shérif, opta pour réaliser un bilan sur cette enquête.

— Vous connaissez bien ce Jenkins ?

— Mis à part quelques larcins et abus de confiance, je ne possède pas grand-chose sur cet individu.

— Si je vous annonce qu'il n'est pas le cerveau de cette affaire, vous allez peut-être me trouver présomptueux.

— Vous faites référence à Evans ! répondit-il, dans un grand rire.

— Non ! Lui, c'est un être faible, tombé sous l'emprise de Jenkins. Je voulais vous parler d'une femme.

— Une femme ! Vous dites ! Laquelle ?

— Je l'ai aperçu en compagnie de ces hommes.

— Je vous ai demandé son nom ! Brûlait d'impatience Barrett.

— Certes, elle portait une cagoule, mais j'ai remarqué une caractéristique, particulière dans son comportement.

— De quoi parlez-vous, Katerman ?

— Je vous expliquerai le moment voulu ! En attendant, suivons Moky.

Les deux hommes marchaient à un rythme soutenu. Alan espérait qu'on ne prodigue aucune effusion de sang. Cependant, son angoisse augmentait au fur et à mesure qu'ils se rapprochaient du criminel. Parce qu'il connaissait Barrett instinctif, il redoutait par-dessus tout qu'il ne cherche en aucun cas une solution réfléchie, pour donner la préférence à s'engager dans un duel. En revanche, Alan tenait la possibilité d'influencer ses actes. Il opta pour les compliments, en guise de stratégie.

— Monsieur Barrett ! Je suis informé que vous appliquez la loi, à la lettre. Vous prenez à cœur de respecter les procédures. Toutefois, ne pouvez-vous pas éviter d'en venir aux armes ?
— Que voulez-vous insinuer, Katerman ? Que je les laisse filer, c'est ça !
— Jenkins se sait traqué, il se comporte comme un chien enragé. Sans vous obliger, nous serions plus judicieux de l'arrêter dans un contexte plus calme. Me comprenez-vous ?
— Sans vous contraindre, monsieur Katerman ! Quand il vous aura mis une balle dans la tête, vous viendrez m'en reparler à ce moment-là !

Katerman n'insista pas. Au fond de lui, il restait seul l'espoir d'un dénouement le moins sanglant possible. Son sourire habituel avait disparu de son visage.
— Je vous vois inquiet Katerman ! Détendez-vous, je ne suis pas un imbécile comme vous le sous-entendez. J'agis en fonction de la situation.

Sur cette réplique, la physionomie du chirurgien reprit des couleurs.

Dans le Colorado, un canyon peut s'étendre sur plusieurs centaines de kilomètres. Il représente un remède efficace contre les journées caniculaires, mais surtout l'assurance de trouver là, une cachette sûre. Quiconque aimait faire durer ce plaisir. Voilà, à présent, plus d'une heure que deux hommes, encordés, s'enfonçaient dans les entrailles de la Terre. Ils allaient bon train depuis un petit moment, quand soudain, la corde fut de nouveau tendue. Elle stoppa net Jenkins, qui faillit tomber à la renverse.

— Qu'est-ce qui se passe encore ? Grommela-t-il ; en se retournant.

— Je suis désolé, Daniel ! Je veux pas qu'on se perde. Affirma Luke, dans un murmure.

Tout en pleurnichant, il avait déposé un bonbon, bien en évidence, sur le sol. Jenkins n'en croyait pas ses yeux.

— Soit pas fâché, Daniel ! J'avais plus de petits cailloux blancs. Expliqua-t-il ; inconsolable.

Étrangement, le silence occupa l'espace. Jenkins devait réfléchir à ce qu'il allait entreprendre. Pour lui, aucun doute ne subsistait dans son esprit, l'action s'imposait. Il se prononça.

— Je ne suis pas fâché, Luke. Dit-il.

Jenkins sortit lentement son colt, une nouvelle fois, mais ne montrait pas un état mental proche de la folie. Seul le canon de son arme pointait en direction de Luke, notamment, son visage.

Dans les profondeurs du canyon résonna un coup de feu, puis suivi quelques secondes plus tard, d'un autre.

— Vous entendez, monsieur Barrett ? On se rapproche d'eux.

— Oui ! Mais ces coups de feu ne prédisent rien de bon.

Par instinct, Dennis Barrett vérifia le contenu de son chargeur. Ils se mirent à courir dans ces méandres, pour rejoindre, au plus vite, les fuyards. Brusquement, Moky aboya, c'était sa manière d'annoncer une présence. Par prudence, Alan ordonna à sa bête de revenir à ses pieds. Dennis se plaqua contre la roche et observa discrètement.

— Qu'est-ce ce que vous voyez, monsieur Barrett ?

— J'aperçois un individu par terre. Il ne semble pas bouger.

Assuré que tout risque avait disparu, Barrett, l'arme au poing, s'approcha pas à pas. Dans cet étrange couloir, gisait au sol un homme, mortellement blessé.

— Vous pouvez venir, monsieur Katerman !

Alan observa le corps, effectua les premières constatations et convint après un rapide diagnostic que Daniel Jenkins était mort.

— Que s'est-il passé, selon vous, monsieur Barrett ?

— Les traces de sang mettent en évidence une lutte. Jenkins armé a probablement cherché à se débarrasser d'Evans. Selon les apparences, l'arme s'est retournée contre lui.

— Vous avez raison, mais Evans est-il sorti indemne ?

— Regardez ! Il laisse derrière lui des marques. Affirma-t-il.

Déterminé, il reprenait sa marche.

— Attendez monsieur Barrett ! intervint Alan.

— Que se passe-t-il ?

— La nuit va bientôt tomber. Evans est blessé et sans arme. À pied, il n'ira pas bien loin. Mieux vaut stopper la traque pour aujourd'hui.

Bien que pugnace, Dennis Barrett admit que le repos s'imposait.

Lieu d'angoisse et d'admiration !

10

— Bouleversements à San Marina —

Au lendemain de ce curieux dénouement, la quiétude se lisait déjà sur les visages. San Marina reprenait vie. Chez Parsons, l'ambiance changeait du quotidien. Des familles fêtaient la fin de cette horrible histoire. Les gens témoignaient une grande sensibilité, ainsi on passait facilement des rires aux larmes. Chaque personne avait conscience que la veille, elle s'était comportée de façon odieuse et avait agi tel un hors-la-loi, au sein de l'hôpital. Ce ne fut pas là, le plus extraordinaire. En effet, en cet instant, Dennis Barrett avait conquis le cœur de la ville et devenait, à leurs yeux, le héros du jour. Pourtant, Daniel Jenkins n'était pas mort sous le feu de son arme.

— Reprendrez-vous quelque chose, monsieur, madame ? demanda Carol Smith.

En attendant que l'hôpital réorganise ses fonctions, elle avait trouvé ce petit job de serveuse. Moky circulait entre les tables. Son maître dormait encore. Il récupérait de ses efforts.

— Écoutez ! Je vais essayer votre fameux cocktail « boule de neige ». S'exclama Andrew.

— Et toi, Samantha ! Que prends-tu ?

— Je vais prendre comme toi. La chaleur se manifeste déjà, je vais donc choisir cette boisson vivifiante. Elizabeth ! Laisse le chien, tranquille !

— Ne vous inquiétez pas, madame Brown. Moky adore les enfants. Précisa Carol.

Munie de son bloc-notes entre les mains, elle retourna au comptoir.

— Tu dois être apaisée, ma chérie, avec la parution de cet article.

Il lui montra fièrement le journal avec le portrait de Terry Moreno qui prenait toute la première page. Le gros titre, annonciateur de son innocence, évoquait un soupire de soulagement.

— Oui ! Entièrement libérée ! Je ne vivais plus, avec tous ces enfants malades, pour tout t'avouer.

Un article-éclair rédigé par Kelly Williams expliquait que Dennis Barrett avait mis un terme définitif aux méfaits de Daniel Jenkins. Concernant Luke Evans, une patrouille de police l'avait arrêté. Cela s'était fait sans la moindre violence. Derrière les barreaux de sa cellule, il attendait son jugement. Une infirmière lui avait prodigué des soins, le matin même, en particulier un bandage sur sa jambe blessée. Andrew, curieux, lisait et relisait le journal.

— Tu crois que ce Luke Evans est le responsable de l'empoisonnement des enfants ?

— Andrew ! Tu te doutes bien que ce n'est pas ce benêt d'Evans. Si l'on se fie à cet écrit, c'était Jenkins le vrai coupable. Moi, je n'ai jamais cru une seule seconde que Terry soit impliqué dans cette affaire. Lui-même subissait du chantage. Quelle horreur !

— Oui ! Tu as raison. Maintenant qu'il a récupéré son poste à l'hôpital, les enfants vont très vite retrouver une bonne santé.

Le couple fêtait cet heureux évènement, sous les yeux médusés d'Elizabeth, obsédée à caresser Moky. En revanche, dans un coin de la pièce, on percevait la physionomie soucieuse d'Amber Clark. Carol qui avait remarqué l'inquiétude sur ce visage vint à sa table, pour prendre de ses nouvelles.

— Madame Clark ! Vous paraissez contrariée.

— Heu ! Pour ne rien vous cacher, je me préoccupe du sort de mon conjoint.

Les deux femmes se dévisagèrent.

— Monsieur Barrett l'a convoqué. C'est à propos de la maltraitance qu'il a infligée à monsieur Moreno.

— Écoutez, madame Clark ! Ces derniers jours, la panique s'est emparée des familles. De ce fait, votre mari obtient des circonstances atténuantes. Monsieur Barrett saura se montrer indulgent, soyez rassurée.

— J'aimerais tant vous croire. Répondit-elle, en se pinçant les lèvres.

Au deuxième étage d'un motel, un homme dormait sous la couette. Une jeune femme veillait sur lui, de son regard malicieux. Puis, elle s'approcha et se glissa sans bruit dans le lit, pour se blottir en douceur. Malgré sa bienveillance, elle le réveilla de ses mains froides.

— Dis-moi, ma belle ! Pour quelle raison, dois-je subir une telle sentence ? S'exprima-t-il en riant de bon cœur.

— Désolé, Alan ! Je ne tenais pas à te frigorifier de la sorte. Mais, si tu le souhaites, je connais un bon moyen de te réchauffer. Lui recommanda-t-elle.

Elle plaça son corps sur le sien et lui donna quelques bisous successifs, en guise de préliminaires.

— Heu ! Pardon, Kelly ! Je vois le soleil au travers des rideaux, c'est l'heure de se lever !

La jeune journaliste, accoudée, le suivait des yeux. Le corps divinement sculpté de cet homme ne la laissait pas indifférente et lui procurait une naturelle convoitise. Alan, bien qu'il n'ait presque plus mal à la tête, éprouva de grosses difficultés à sortir de son sommeil.

— Ne t'ai-je pas dit avoir pris cette décision de stopper notre relation ?

Alan ouvrit la porte du frigo.

— Heu ! Je n'ai pas ce souvenir. Répondit-elle ; en riant.

— Mouais ! Bon, écoute ! Je dois aller voir Dennis Barrett, sur-le-champ.

— D'accord, Alan. Je tiens à t'informer que les familles ont invité, aujourd'hui, le

shérif. Elles lui réservent une petite fête pour avoir appréhendé Daniel Jenkins. D'ailleurs, tu pourrais me remercier, car j'ai réalisé au plus vite un démenti concernant Terry Moreno.
Elle se remit du rouge aux lèvres.

— Ha ! Ha ! Ha ! Tu ne dois pas réclamer mes remerciements, mais au contraire, tu ferais mieux de t'excuser auprès de cette famille.

Il s'essuya d'un revers de main la bouche, des traces de lait. Sur ce conseil, Kelly sembla embarrassée. Alan prit rapidement une douche et quitta le motel.

Au volant de sa voiture, il afficha un demi-sourire à l'idée d'avoir abandonné cette femme sur place. Puis, il éprouva le sentiment d'endosser le statut de goujat. De ce fait, pour se déculpabiliser, il s'exprima à voix haute :

— C'est elle qui est revenue à la charge ! Je dormais moi !

Pour se changer les idées, il regarda les passants sur le trottoir. Tout semblait redevenir normal, rien en commun avec la veille. Il se gara devant le bureau du shérif. À l'intérieur, les gens paraissaient joyeux. Il entra et essaya au mieux de se frayer un chemin jusqu'au bureau de Dennis Barrett.

Soudain, il sentit une main agripper son bras.

— Monsieur Katerman ! Enfin debout !

L'homme semblait transformé. C'était la première fois qu'il montrait un visage aussi sympathique et chaleureux.

— Ça me fait plaisir de vous voir, sincèrement ! s'exclamait-il, flanqué d'un sourire commercial.

Interloqué, Alan restait sans voix. Toutefois, l'homme lui fit signe de s'approcher de lui.

— Katerman ! J'ai à vous parler. Lui confia Barrett, à l'oreille.

— Justement, monsieur Barrett, j'aimerais que vous m'accompagniez à l'hôpital.

— À l'hôpital ? Vous plaisantez, vous n'allez pas travailler.

— Ce n'est pas pour y travailler. Avez-vous vu monsieur Fisher ?

— Robert Fisher, le shérif de Californie ?

— Oui ! Savez-vous où il est ?

— Attendez ! Je me renseigne !

Barrett rechercha du regard, dans la foule, ses subalternes.

— Carter ! Perez !

— Oui ! Shérif ! répondit Carter, du fond de la pièce.

— Il y a ici, monsieur Katerman qui souhaite parler à Robert Fisher. Vous l'avez vu ?

— Oui ! Il est parti à l'hôpital, rejoindre la directrice.

Alan n'appréciera pas trop ce manque de discrétion.

— Excusez-moi, monsieur Barrett, mais pour quel motif autant de monde est assemblé dans votre bureau ?

— C'est très simple, monsieur Katerman ! Depuis que les deux brigands sont hors d'état de nuire, toutes les familles viennent me féliciter. Dit-il ; dans un sourire forcé.

— Vous me sauvez la vie ! J'ai horreur de me retrouver sous le feu des projecteurs. Lui avoua-t-il ; à voix basse.

— Carter ! Je dois aller à l'hôpital avec monsieur Katerman. Je vous laisse gérer ici.

— Monsieur Barrett ! Interpella l'homme, collé dans son dos.

— Oui, monsieur Clark ! Que puis-je pour vous ?

— Quand vous pourrez me consacrer une minute, je souhaiterais qu'on fête ça, chez Parsons. Je vous dois la vie de mon fils Léo !

S'exclama Jeff Clark, la gorge nouée d'émotions.

— Heu ! Je dois partir avec Katerman, là. Dès mon retour, je vous contacterai. Dit-il ; d'un sourire sincère.

Non sans mal, les deux hommes réussirent à s'extraire de la foule et sortirent. À l'extérieur, malgré la chaleur omniprésente prendre l'air procurait le plus grand bien. Dans sa jeep, Dennis Barrett affichait sa joie. Cette affaire compliquée, élucidée, lui enlevait un poids sur l'estomac. De surcroît, l'idée de passer pour un héros n'était pas pour lui déplaire.

— Monsieur Katerman ! Je dois avouer que je vous damne le pion. Les familles pensent, à tort, que c'est moi qui ai résolu cette enquête.

— Écoutez, monsieur Barrett ! Si cela peut vous servir, je n'y vois aucun inconvénient. Je vous réclamerai toutefois une faveur.

— Je vous fais confiance ! Demandez ce que vous voulez ! Répondit-il ; perplexe.

— Pour l'instant, allons rejoindre Robert Fisher. Je vous expliquerai en temps utile.

— Vous êtes un curieux personnage, Katerman. Je devrai vous remettre mes excuses, car je vous ai mal jugé. Avoua Barrett, d'un ton sincère.

Sur place, l'ampleur des dégâts surprenait le chirurgien. Les flammes avaient noirci une partie de la façade. Les mains sur les hanches, il restait figé.
— Ha ! C'est vrai ! Vous étiez absent, hier ! Vous auriez vu cette cohue et la fureur de certaines personnes.
— Heu ! Je me doute ! Votre œil au beurre noir en témoigne.
— Vous ne pouvez imaginer ce qu'une panique générale peut provoquer comme dommages. Par ma profession, je connais assez bien les familles. Cela peut paraître étrange, mais mon statut de shérif n'a rien altéré aux évènements. Fort heureusement, tout va revenir dans l'ordre.

Barrett, habituellement discret, se montrait en ce jour assez loquace. Ce changement si soudain faisait ressurgir de sa personne des qualités appréciées. Dans l'ascenseur, poussé par la curiosité, il se lança.
— Monsieur Katerman ! Concernant vos exploits en Californie, racontez-moi comment vous avez résolu cette enquête.

— Vous exagérez, monsieur Barrett ! J'ai eu de la chance, voilà tout.

— Chance ou pas, dites-moi tout !

— Demandez des réponses à Robert ! Il se fera un plaisir de vous expliquer. Dit-il ; dans un rire moqueur.

Dans le couloir, Alan précipita le pas, non pas qu'il se défiait des questions, mais au contraire il était pressé d'en poser. Il entra dans le bureau de la directrice.

— Alan ! Félicitations pour cette affaire ! Monsieur Fisher me donne tant d'éloges à ton attention. Je ressens une profonde admiration, à ton égard. S'exclama Riley Cooper, tel un visage ensoleillé qui émanait sa joie de retrouver là ce beau chirurgien.

— Heu ! C'est gentil de votre part, madame Cooper. Ce qui compte avant tout, c'est la santé des enfants.

— Oui ! Alan ! Me voilà, enfin, apaisée ! proclama-t-elle, une tasse de café chaud, entre les mains.

Elle ne pouvait détacher son regard de cet homme. C'était là, sa manière évidente de montrer, sans honte, les sentiments qu'elle éprouvait à son égard. Cette scène embarrassa Alan. Aussi, il préféra répondre de façon adéquate.

— Je me réjouis que vous réagissiez ainsi. J'avais la crainte que tout ce chamboulement vous affecte.

Robert, de nature bienveillante, se permit de préciser un point.

— Sois rassuré, Alan ! Comme je l'expliquai à madame Cooper, ce n'est que du matériel bousculé, rien de plus.

Dennis Barrett arpentait la pièce à grands pas. Ne pas reconnaître sa nervosité, ça serait exposer sa mauvaise foi. Hormis son orgueil, il réussissait à titre d'exception ce jour, tous les efforts de galanterie, envers autrui. Cependant, Riley Cooper ne l'avait pas félicité de ses exploits. Montrait-elle de la rancune parce qu'il la suspectait depuis le début de cette histoire ? Ce comportement insolent était-ce intentionnel ? Chacun se formulera sa propre opinion. Pour sa quiétude, elle s'évertua à faire abstraction de l'agitation de ce shérif.

— Mais je manque à tous mes devoirs ! Voulez-vous une tasse de café ?

Tout en posant la question, elle contemplait les montagnes Rocheuses, verdoyantes, avec ses pics enneigés. La palette de couleurs qu'offrait ce paysage rendait sensible toute personne.

— Madame Cooper ! Avez-vous pris connaissance de la mort, par accident, de Daniel Jenkins ?

— Tu peux m'appeler Riley, Alan ! Oui ! Ce fut un grand soulagement pour moi, sans vouloir du mal à quiconque.

— Toutefois, ce brigand n'était pas le cerveau de cette affaire. Intervint Barrett, sèchement.

Il la fixait du regard, à l'image d'une prétendue coupable.

— Ha ! Vous me surprenez, là, monsieur Barrett ! L'odieux chantage qu'exerçait Jenkins sur Terry, c'était pour l'argent ! Je me trompe !

— Je peux comprendre que vous soyez soulagée, à l'idée que cet individu ne puisse plus terroriser personne, comme on pourrait le croire. Mais n'est-ce pas, plutôt, celle où il ne pourra plus révéler quoi que ça soit ?

Pendant la minute qui suivit, l'absence de réponse à cette question parut encore plus suspicieuse, pour ce shérif. Il poursuivit.

— Cependant, vous avez pleinement raison concernant son rôle, mais je peux vous affirmer que la responsable à l'origine de tout cela est une femme ! Si je vous semble aussi formel, c'est parce que par chance monsieur Katerman l'a aperçue avec ces bandits.

— Est-ce vrai, Alan ? Tu as vu cette femme ! Je n'ose pas imaginer celle qui a agi de connivence avec ce Jenkins. Quelle ignominie !

Dennis Barrett s'approcha de Riley Cooper, sans la perdre des yeux.

— N'avez-vous pas une idée de la personne à laquelle je fais référence ?

Elle n'avait pas ce besoin de le regarder pour percevoir ses funestes pensées.

— Me prenez-vous pour une sotte, monsieur Barrett ? s'emporta Cooper.

D'un pas décidé, elle vint auprès d'Alan, lui tint les mains, telle une femme qui cherche du réconfort aux côtés de son homme.

— Si tu affirmes, Alan, avoir découvert cette femme. Je ne vais pas te contredire. Mais tu conviens que c'est absurde de me croire responsable de ces horreurs !

— Certes, je n'ai pas vu son visage. De plus, à la vue de la faiblesse psychologique d'Evans, s'il divulguait des informations, on ne pourrait pas prendre au sérieux sa parole. Aussi, monsieur Barrett envisage toutes les possibilités. Expliqua-t-il ; pour la rassurer.

— Admettons ! Mais je trouve inconcevable d'omettre l'évidence ! Dit-elle, à voix basse ; sur un ton de reproche.

— De quelle évidence parlez-vous, madame Cooper ? Questionna Barrett ; brûlant d'impatience.

Tout en buvant sa tasse de café, Riley tourna la tête légèrement, dans sa direction.

— Voyons, monsieur Barrett ! Je stipule le cas de madame Kelly Williams. Êtes-vous aveugle ? Rien ne me surprend de sa part, dans ses actes, pour obtenir un scoop. San Marina apparaît comme une ville bien trop tranquille pour cette journaliste. Elle a dû ouvrir ses bras à ce Jenkins pour lui dicter ensuite son plan. Avouez, monsieur Barrett, que vous ne possédez aucune preuve qui puisse démontrer le contraire.

Cette accusation suscitait la réflexion. Le silence s'imposa. Parce que Katerman demeurait impartial, Cooper rejetait la faute sur une autre personne. Était-ce une reconnaissance de sa culpabilité ? De plus, son comportement changeait chaque seconde, tel un caméléon. Ainsi, des doutes sur sa sincérité se profilaient au fil des minutes. Toutefois, n'ayant reçu aucune objection sur ses propos, elle renchérit.

— Convenez, messieurs, que madame Kelly Williams acquit cette réputation de mangeuse d'hommes. Celui qui l'a côtoyée de près se heurte à ses dépens, à ses ambitions. Je vous l'affirme, rien ne l'arrête ! Ne gaspillez donc pas votre temps, ici. Interrogez-la, au plus vite.

Malgré son obstination à reporter les soupçons sur Kelly Williams, telle une stratégie salvatrice, c'était sans compter sur la présence et l'intervention de Katerman. Quel paradoxe ! Riley Cooper, qui avait sollicité l'aide de ce chirurgien, comme un sauveur providentiel, lui permettait d'endosser ce rôle d'accusateur, avec le risque de provoquer sa propre perte.

— Certes ! Mais vous oubliez un détail important !

— Quel détail, Alan ? Questionna-t-elle ; en fronçant les sourcils.

Elle n'affichait plus la physionomie joviale du début de cette visite.

— J'ai remarqué une attitude très particulière, un signe distinctif, chez cette femme.

— Quelle attitude ?

Ce qu'elle redoutait depuis longtemps arriva contre son gré, de manière inévitable.

— Une attitude similaire à la vôtre, que vous prenez régulièrement lorsque l'on vous parle. Elle se manifeste par l'inclinaison de la tête, légèrement vers la gauche. J'avais déjà noté ce détail sur le radeau, pendant notre promenade. Puis, à nouveau, dans la ville fantôme, en compagnie de ces hommes.

— Qu'est-ce que ça veut dire Alan ? demanda Robert, interloqué.

Depuis peu, Robert avait un faible pour Riley et imaginait mal qu'on la soupçonne dans cette histoire et encore moins être l'auteure.

— Une seule explication s'impose. La femme que j'ai brièvement aperçue est atteinte de surdité, en particulier, l'oreille gauche. De ce fait, par instinct, une personne qui a ce genre de handicap sensoriel tourne la tête, pour mieux entendre de son oreille unique.

Riley Cooper perdait son sourire.

— Pouvez-vous concevoir, madame Cooper, que Kelly Williams dénote la même incapacité, au niveau de l'oreille gauche ? Dit-il ; le visage sévère.

Le fait de rester silencieuse ne plaidait pas en sa faveur. En revanche, Robert Fisher n'acceptait pas ce dénouement.

— Riley ! Pourquoi ? Vous êtes une femme admirable. Je voudrais comprendre ce qui vous a poussé à agir de la sorte.

— Monsieur Fisher ! C'est une longue histoire. Je n'ai pas le cœur, là, à me confier. Exprima-t-elle, d'une petite voix ; les yeux larmoyants.

Barrett prit les menottes et appréhenda Cooper. Néanmoins, cette arrestation gâchait quelque peu sa belle journée. Certes, il respectait la loi, fidèle à lui-même, mais non sans une indicible déception.

— **Épilogue** —

Depuis ces quinze derniers jours, San Marina subissait l'arrivée régulière de visiteurs de tout horizon. De la simple moto à la voiture de luxe, en passant par le camping-car tout aménager, l'énigme des enfants malades du cœur provoquait une vague déferlante de touristes. Les habitants étaient partagés entre les bienfaits économiques de cette invasion et l'agitation inéluctable de ces étrangers dans un lieu habitué au calme. Cela serait une erreur de fermer les yeux sur la présence des médias, des journalistes et de tous ces cameramen et photographes qui investissent les emplacements qui ont joué un rôle dans cette affaire et notamment la ville fantôme. Dans le canyon, à l'endroit précis où Daniel Jenkins a eu son tragique accident, de nombreux groupes d'estivants viennent s'imprégner de ce lieu particulier. Cherchent-ils une odeur ou une explication ? Sous un autre angle, de façon paradoxale, on percevait là une issue favorable pour Luke Evans. Des esprits amérindiens avaient-ils eu un impact sur ce dénouement ?

Nul ne pouvait le savoir. Cependant, les guides-accompagnateurs, pour amplifier cette croyance, s'amusaient à projeter du sable dans les entrailles de cette terre, pour faire apparaître des puits de lumière. Cette curiosité éphémère ravissait petits et grands.

Il y avait à San Marina un lieu, tout aussi émouvant. Tel un anniversaire, monsieur et madame Collins avaient invité la famille Brown et Gloria Moreno. Sur la table basse, du salon, les coupes de champagne attendaient les convives. Confortablement installé, chacun affichait une mine réjouie. Fidèle à ses habitudes, Matthew lisait chaque détail de l'affaire, au point que ça lassait sa femme.

— As-tu fini, Matthew, de ressasser cette histoire ? Je ne vois pas ce que ça te donne d'éplucher toute cette horreur.

— Je sais bien, ma chérie ! C'est plus fort que moi. Tu devras t'adresser à cette Kelly Williams, c'est elle qui a rédigé cet article.

— Je reste sceptique sur la véracité des faits rapportés. Je pense que c'est un moyen d'inciter à acheter ce journal et gagner de l'argent. Suggéra Daisy.

— Certes, mais tu devras admettre certaines vérités. Pour te citer un exemple, monsieur Terry Moreno a, d'une part, réapproprié la confiance de ses habitants, mais il est devenu le directeur de l'hôpital.

— Tu marques un point ! Je l'avoue.

— Et ce n'est pas tout ! Que penses-tu de ce passage concernant madame Cooper ? Dit-il ; en plissant les yeux.

— J'aimerais me prononcer, mais je n'ai rien lu. Par contre, je ne peux pas rester insensible, au fait que la personne qui bénéficie de ce statut et qui s'était engagée à prendre soin de ses patients, pouvait sans aucun état d'âme, les mettre en danger.

— Si je peux me permettre, Daisy, je pense pouvoir dénouer certains points. Je n'ai pas besoin de ce journal pour comprendre. Intervint Gloria.

— Expliquez-vous, Gloria.

— Je laisse Samantha vous apporter quelques éclaircissements. Précisa-t-elle.

Elle leva son verre dans sa direction.

Samantha Brown but une gorgée et raconta telle une conteuse un évènement qu'elle avait gardé en mémoire.

— Voilà ! Il y a six ans, une fois installée dans cette ville, j'ai pris un poste d'aide-soignante à l'hôpital et j'ai été témoin d'une violente altercation entre madame Cooper et monsieur Moreno. Je ne comprenais pas les raisons pour lesquelles, elle le traitait avec des mots abjects. Puis fatalement, la vérité me parvint. Ainsi, j'ai appris que le couple virait au divorce. C'était Terry qui souhaitait cette séparation. Mais un détail s'est immiscé, il ne voulait pas même qu'elle conserve son nom d'épouse. Offensée, elle s'est juré de le punir de cet affront, de le faire souffrir.

— Pensez-vous que cette rupture explique tous ces évènements ? questionna Daisy.

— C'est plus compliqué que cela. Reprit Gloria.

Matthew Collins, curieux de connaître toute l'histoire, reposa le journal. Gloria poursuivit.

— Madame Riley Cooper, à cette époque, s'est imaginé que je fréquentais discrètement son mari. Ce qui était faux. Ils étaient déjà divorcés lorsque Terry m'a séduit. En fait, elle n'a jamais supporté psychologiquement cette rupture. Elle a cherché un moyen de se venger en se croyant une femme bafouée.

— Je comprends mieux ! intervint Matthew.

— Dans le journal, ils expliquent que Riley Cooper occupe actuellement une place dans un établissement psychiatrique où elle suit une thérapie. Ajouta-t-il.

Andrew, qui écoutait avec attention, posa une question.

— Mais comment madame Cooper a-t-elle connu Daniel Jenkins ?

— C'est amusant ce que vous dites, monsieur Brown ! En effet, c'est vous-même qui avez permis cette confrontation.

— Que racontez-vous ? Vous m'effrayez, là !

— En fait, par le biais de votre association, vous avez autorisé Luke Evans à jouer les clowns auprès des enfants. C'est à ce moment-là que Riley a fait sa connaissance. Il lui a énuméré ses péripéties et l'importance de Daniel Jenkins dans sa vie. Madame Cooper a vu, à ce moment précis, une occasion d'assouvir ses envies de vengeance. Précisa Matthew.

— Mais, comment ça, Matthew ?

— C'est le journal qui le dit. Kelly Williams relate que Cooper a rencontré Jenkins et lui a expliqué un moyen efficace de gagner de l'argent, avec des risques limités. Elle n'attachait aucune importance au fait d'angoisser ces familles. À cette époque, lorsqu'elle a subi son divorce, elle s'est sentie bien seule. Nous ne saurons jamais si par la suite, elle a souhaité se venger de son ex-mari ou bien des habitants de cette ville.

— Oui ! La suite est dramatique, Matthew. Cependant, je ne désire pas à mettre mal à l'aise Gloria, en faisant ressurgir de douloureux souvenirs. Coupa Daisy.

— Je vous l'accorde, Daisy, mais je tenais à connaître le point qui s'est avéré fatal pour madame Cooper. Précisa Andrew.

Monsieur Collins sourit de cette insistance, car il se plaisait à jouer les révélateurs.

— C'est le moment de vous parler de monsieur Katerman. Vous savez que madame Cooper est atteinte de surdité, au niveau de l'oreille gauche, mais ce n'est pas ce détail qui a provoqué sa perte. Aussi étrange que cela puisse paraître, c'est la présence de ce chirurgien qui l'a perturbé.

En effet, Riley Cooper a une personnalité difficile à définir. Elle s'est imaginé dans sa tête une relation avec ce bel homme. De ce fait, piquée par la jalousie, elle a voulu écarter Kelly Williams, la prenant pour une rivale. Avec ce faux article qui accable Terry, elle a accéléré sa chute. À savoir, si Terry était arrêté, Jenkins ne pouvait plus gagner d'argent. Par conséquent, monsieur Katerman devait être réduit au silence, car trop dangereux.

— Désolé si je ne perçois pas tous les secrets de cette histoire, mais pour quelle raison madame Cooper a contacté monsieur Katerman ? demanda Andrew.

— C'est justement toute la subtilité de son plan ! En faisant intervenir Katerman, on ne pouvait imaginer sa propre implication. En revanche, ne rien entreprendre devenait suspicieux. C'est la cupidité de Jenkins qui l'a perdu. Parce que trop d'enfants tombaient malades, la population a paniqué. La suite, vous la connaissez.

— Pas tout à fait ! expliqua Gloria.
— À quoi faites-vous référence, madame Moreno ? demanda Matthew.
— Je parle du cas de Luke Evans. Monsieur Katerman a exigé, de la part du shérif

Dennis Barrett, la liberté surveillée pour cet homme. Selon lui, il n'avait pas concience de la gravité de ses actes. En accord avec mon mari, désormais, il a sa place à l'hôpital, auprès des enfants.

— Et monsieur Katerman, est-il reparti ?

Matthew intervint, à nouveau, pour éclaircir ce point.

— D'après le journal, je constate que Kelly Williams s'est montrée un peu dure à son propos, alors qu'il lui a révélé tous les secrets de cette histoire. Elle a rédigé un article sur les exploits d'un chirurgien, provenant de nulle part. Elle a précisé que cet homme est reparti aussi vite qu'il est venu, laissant derrière lui, des femmes et des cœurs solitaires. Elle a ajouté qu'il avait su résoudre cette affaire d'odieux chantages, mais se sentait bien impuissant devant des problèmes sentimentaux.

— Tu vois, mon chéri ! Dans ton journal, on trouve un peu n'importe quoi ! s'exclama Daisy.

Sur cette réplique, toute la troupe éclata de rire.

Dans l'hôpital de San Marina siégeait un curieux chef indien. Les chérubins affichaient leur joie de s'amuser en sa présence, notamment une petite au doux prénom d'Emmy. Les yeux rieurs, la bouche grande ouverte et la langue qui passe sur les dents démontraient sans conteste des preuves du bonheur de cet apache. Terry Moreno et les infirmières avaient reçu pour consigne de veiller attentivement sur le comportement de cet étrange gros bonhomme. Luke Evans s'en sortait bien. Les enfants avaient grand plaisir à se rassembler autour de lui, ce qui l'émouvait au plus profond de son être. Ce rôle de mauvais clown demeurait plus qu'un désagréable souvenir. Il avait préféré effacer ce passé et enfiler un nouveau déguisement. Ce vieil Indien fumait-il le calumet de la paix, avec ses démons ? Quoiqu'il en fût, après toutes ses mésaventures, il trouva enfin, là, un repos bien mérité.

Achevé d'imprimer en Janvier 2021
Imprimé : BoD - Books on Demand,
Norderstedt, Allemagne
Dépôt légal Janvier 2021